12, avenue d'Italie — Paris XIIIe

Sur l'auteur

Ross Macdonald, né Kenneth Millar en 1915, est originaire de Los Gatos, une petite ville proche de San Francisco. Au terme de brillantes études couronnées par un doctorat en littérature anglaise, il enseigne l'histoire et l'anglais pendant plusieurs années. C'est en 1944 que Ross Macdonald fait son entrée en littérature policière et publie successivement quatre romans, mais il impose véritablement son style, cinq ans plus tard, en créant un personnage de détective original, le privé Lew Archer. La publication, en 1958, de *La Malédiction des Hallman* marque un tournant important dans sa carrière d'écrivain et inaugure les romans de la maturité, tout en rompant avec l'influence de Raymond Chandler. Considéré comme « le dernier des géants » d'un certain polar noir américain, auteur de vingt-quatre romans (dont dix-huit ont pour héros Lew Archer), Ross Macdonald est mort en 1983, à Santa Barbara.

VOUS QUI ENTREZ ICI

PAR

ROSS MACDONALD

Traduit de l'américain
par Igor B. MASLOWSKI

10|18

« Grands Détectives »
dirigé par Jean-Claude Zylberstein

Du même auteur
aux Éditions 10/18

Titre original :
Find a Victim

ISBN 2-264-03201-4

1

C'était incontestablement l'être le plus pitoyable que j'eusse jamais rencontré en train de faire de l'auto-stop. Il se tenait à genoux sur le bord de la route et, avec ses yeux brûlants de fièvre, son teint blafard et ses lèvres anormalement rouges, il faisait penser à un clown. Il essaya de lever le bras, mais ce geste lui fit perdre l'équilibre et il retomba le nez dans la poussière.

Je freinai, puis fis cent mètres en marche arrière jusqu'à l'endroit où il était allongé, misérable loque humaine, vêtue d'une chemise grise et d'un bleu de travail. Je croyais le trouver mort mais, en m'en approchant, j'entendis son râle.

Je le pris par les épaules et le retournai sur le dos, tout en soutenant sa tête de ma main gauche. Une mousse rosâtre lui barbouillait les lèvres et le devant de sa chemise était brun et gluant. Je la déboutonnai et distinguai, perdu dans l'épaisse toison, le sinistre petit trou noir d'où s'échappait encore un mince filet de sang.

Je reposai la tête du blessé par terre, me redressai et ôtai mon veston puis ma chemise dont je fis un pansement sommaire que je fixai avec ma cravate.

L'inconnu poussa un léger gémissement et son corps se contracta. Ses paupières battirent, puis s'entrouvrirent. Il avait déjà les yeux voilés. C'était un homme très jeune et, pourtant, il allait mourir.

Je regardai à droite, ensuite à gauche. Le néant. Ni

voitures, ni maisons, rien. C'était un de ces « trous » dans la circulation comme on en rencontre parfois sur les routes californiennes. Et les environs étaient déserts, véritablement déserts. L'après-midi tirait à sa fin et la légère brume bleuâtre, annonciatrice du crépuscule, s'était déjà levée à l'est.

Je soulevai le moribond et le portai jusqu'à ma voiture. Il n'était ni grand ni lourd mais son inertie rendait ma tâche extrêmement pénible. Je l'installai sur le siège arrière, appuyai sa tête contre ma mallette et le recouvris de mon plaid.

Nous parcourûmes ainsi dix ou douze kilomètres. Par moments, je regardais dans mon rétroviseur. L'homme ne bougeait pas mais, avec l'obscurité tombante, ses traits semblaient s'estomper.

Je dépassai un camp militaire, abandonné depuis la fin de la guerre, puis des lumières apparurent dans le lointain. Du néon jaune et vert. En m'en approchant, je lus : LE KERRIGAN — MOTEL DE LUXE POUR AUTOMOBILISTES. Le bâtiment principal et les bungalows adjacents étaient brillamment illuminés. Je m'arrêtai devant la porte et pénétrai à l'intérieur.

Le vestibule était une symphonie de contre-plaqué clair et d'imitation de cuir vert. Une jeune femme blonde se tenait derrière le comptoir de réception. Ses yeux bleus se posèrent sur moi et j'y lus un certain étonnement. C'est alors que je me rappelai que je n'avais pas de chemise. Je boutonnai mon veston et m'approchai d'elle.

— Vous désirez, monsieur ? demanda-t-elle d'un ton des plus réservés.

— J'ai, dans ma voiture, un homme qui a besoin d'aide. Je vais l'amener ici pendant que vous appellerez un médecin.

Elle fronça les sourcils.

— Il... il est malade ?

— Si on veut. Il a une balle dans le corps.

Elle tressaillit et, se retournant, ouvrit une porte derrière elle.

— Don ! appela-t-elle. Veux-tu venir, s'il te plaît ?

— Dépêchez-vous de téléphoner à un médecin, sinon il sera trop tard, déclarai-je.

— Trop tard pour quoi ?

Une impressionnante silhouette d'homme s'encadra sur le seuil. Le nouveau venu fit deux pas en avant. Avec sa carrure et son visage taillé à coups de serpe, il faisait penser à un ancien catcheur retiré des affaires.

— Qu'est-ce que c'est encore ? adressa-t-il à la femme, d'un ton moins qu'aimable. Alors, tu ne peux rien faire sans moi ? T'es une mauviette ou quoi !

Une lueur de colère brilla dans les yeux de la blonde.

— Je t'interdis de me parler sur ce ton ! s'écria-t-elle.

Il sourit sans découvrir ses dents. Au-dessous de ses cheveux couleur de sable, son front était couvert d'une pellicule de sueur.

— Je suis chez moi et je parle du ton qu'il me plaît ! ricana-t-il.

— Tu es ivre, Don !

— Tu ne m'as encore jamais vu ivre.

Ils s'affrontaient à deux mètres de moi et semblaient avoir oublié mon existence.

— J'ai dans ma voiture, dis-je, un homme qui est en train de perdre ce qui lui reste de son sang. Si vous ne voulez pas me laisser le transporter ici, vous pourriez au moins faire venir une ambulance.

L'homme se tourna vivement vers moi.

— Un type en train de crever ? fit-il.

Son haleine sentait l'alcool.

— Qui est-ce ?

— Je l'ignore. Alors, vous allez faire quelque chose pour lui ?

— Oui, bien sûr, dit la femme.

Elle prit un annuaire devant elle, le feuilleta et composa un numéro sur le téléphone tout proche. L'homme lui jeta un coup d'œil furieux, haussa les épaules puis réintégra sa pièce en claquant la porte.

— Ici le motel *Kerrigan*, déclara la femme,

Mrs. Kerrigan à l'appareil. On nous a amené un blessé... Pardon ?... Non, il paraît qu'il est blessé d'une balle... Oui, c'est très urgent.

Elle raccrocha puis se tourna vers moi :

— L'hôpital du comté envoie une ambulance sur-le-champ...

Elle ajouta en baissant la voix :

— Je m'excuse de la petite scène de tout à l'heure. Quand il a bu, mon mari perd jusqu'aux notions élémentaires d'humanité.

— Le principal, répliquai-je, est que l'ambulance arrive à temps.

— Je suis sincèrement désolée...

Elle n'acheva pas et se passa une main sur le front, d'un geste las. Elle avait des traits réguliers dont la sévérité était accentuée par ses cheveux ramenés en arrière et plaqués sur la tête. Une jolie femme mais qui, visiblement, n'était pas heureuse.

— Est-ce que je peux faire autre chose ? s'enquit-elle. Appeler la police, par exemple ?

— Inutile. L'hôpital s'en chargera. La loi a tout prévu. Et merci de votre coopération, Mrs. Kerrigan.

Elle m'escorta jusqu'à la porte, l'air préoccupé.

— C'est terrible pour vous, dit-elle. Est-ce un de vos amis ?

— Rien de tel. Je l'ai trouvé sur la route.

Elle me toucha le bras, comme pour vérifier si j'étais un être en chair et en os, puis retira précipitamment sa main. Je vis son regard se fixer sur mon veston et baissai les yeux. Une grosse tache de sang maculait le tissu à l'endroit du cœur.

— Êtes-vous également blessé ? fit-elle vivement. Puis-je faire quelque chose pour vous ?

— Non, merci. C'est simplement en soulevant le blessé...

Kerrigan avait ouvert la portière arrière de ma voiture et regardait à l'intérieur. En entendant le gravier crisser sous mes pieds, il se redressa nerveusement.

— Est-ce qu'il respire encore ? demandai-je.

— Ouais...

Il avait les yeux injectés de sang et la sueur lui recouvrait maintenant le visage.

— Je ne pense pas qu'il serait raisonnable de le bouger mais, si vous y tenez vraiment, vous pouvez le transporter dans le vestibule du motel.

— Il pourrait salir votre tapis.

Il tressaillit.

— Pas la peine de vous montrer désagréable, mon brave ! grogna-t-il. Ce que je propose, je le propose de bon cœur.

— Merci, je décline votre offre.

Il fit deux pas vers moi et avança les mains, comme pour me saisir par les revers du veston. A la lumière du néon qui inondait la cour du motel, son teint faisait penser à celui d'un noyé.

— Où l'avez-vous trouvé ?

— A quelques kilomètres au sud de l'ancien camp de fusiliers marins. Dans le fossé.

— Et pourquoi est-ce chez moi que vous l'avez amené ?

— Parce que votre établissement est le premier que j'aie trouvé dans cette direction. La prochaine fois, je passerai sans m'arrêter.

— Ce n'est pas ce que je voulais dire. Je me demandais simplement si ce n'était qu'une coïncidence.

— Pourquoi ? Vous le connaissez ?

— Ouais. C'est un camionneur de la Société Meyer. La plus importante de la ville. Il s'appelle Tony Aquista.

— Vous le connaissez bien ?

— Je ne dirais pas ça mais, étant donné ma profession, je connais pour les avoir vus ou leur avoir parlé la plupart des camionneurs de Las Cruces. Mais je n'ai pas l'habitude de fréquenter ces Latinos !

— Je n'en doute pas. Vous ne sauriez pas, des fois, qui aurait pu lui tirer dessus ?

— Voilà le genre de question idiote qu'on n'aime pas s'entendre poser.

— Possible, mais rien ne vous empêche d'y répondre.

— De quel droit en posez-vous, des questions, mon brave ?

— J'aime bien qu'on m'appelle « mon brave ». Ça flatte mon ego.

— Vous ne m'avez pas dit comment vous vous appeliez.

— Exact.

Il me lança un regard mauvais.

— C'est peut-être moi qui devrais vous poser une question ou deux, fit-il d'une voix rauque. Ce n'est pas vous, des fois, qui l'auriez blessé ?

— Vous êtes très malin. Bien sûr que c'est moi. Mais il fallait que je me prépare un alibi.

— Pas la peine de vous fâcher. Je vous le demandais parce que vous avez plein de sang sur votre veston.

Il souriait méchamment. Rien qu'à contempler son visage avec cette bouche à la fois sensuelle et cruelle, son petit nez de matérialiste, je sentais des démangeaisons dans les mains. Je lui aurais volontiers envoyé mon poing à la figure, mais je n'avais pas de temps à perdre. Je pivotai sur les talons, fis le tour de la voiture et ouvris l'autre portière arrière. Tony Aquista avait les yeux fermés. Des bulles rouges venaient, toutes les trente secondes, mourir sur ses lèvres. Sa peau avait déjà la teinte caractéristique de celle d'un cadavre. Je refermai la portière. Au même instant, la sirène de l'ambulance retentit dans le lointain.

Je la suivis dans ma voiture jusqu'à l'hôpital, situé à l'entrée de la ville, un cube blanc percé de dizaines de petits rectangles verticaux, tous illuminés. Avant d'y entrer, j'ouvris ma mallette et y pris une chemise que j'enfilai.

On avait transporté Aquista dans une salle d'opération. Lorsque j'y pénétrai, une dizaine de personnes en blouse blanche étaient rassemblées autour du chariot sur lequel on avait étendu le mourant. Un médecin, penché sur Aquista, lui avait relevé les paupières et étudiait les yeux. Il régnait dans la salle un silence tel que l'on entendait à peine la respiration des présents.

Le médecin se redressa, l'air soucieux, puis m'aperçut :

— Vous êtes un patient ? me demanda-t-il.

— Simplement un témoin. C'est moi qui ai trouvé cet homme.

Il hocha la tête.

— Dommage que vous ne l'ayez pas trouvé plus tôt...

Il se tourna vers une infirmière.

— Pas la peine de faire une transfusion...

Elle reboucha un flacon qu'elle tenait à la main.

— Il n'a aucune chance d'en réchapper ? dis-je au médecin.

— Il est mort. Il a perdu tout son sang.

— A cause de cette blessure ?

— Bien sûr. Une balle dans le poumon est presque toujours mortelle.

Je jetai un coup d'œil à Tony Aquista. Un rictus défigurait son visage et son teint était déjà cireux.

— Il a été assassiné, pensai-je tout haut.

Le docteur tourna vivement la tête et m'examina.

— C'est un ami à vous ? demanda-t-il.

— Non, je l'ai simplement trouvé sur la route. Mais je n'aime pas les morts violentes, qu'il s'agisse d'amis ou d'inconnus. Avez-vous fait prévenir la police ?

— Les services du shérif. Ça s'est passé dans le comté, n'est-ce pas ?

— C'est en tout cas sur le territoire du comté que je l'ai découvert.

Il se dirigea vers la porte et, la main sur le bouton, déclara :

— Ne partez pas. Le shérif aura sûrement des questions à vous poser.

Je ne lui dis pas que j'avais l'habitude des attentes prolongées dans les antichambres des commissariats. Je quittai à mon tour la salle d'opération et m'installai dans une petite pièce peinte en vert et meublée de fauteuils de métal. Des internes et des infirmières passaient devant moi, seuls ou en groupe. Dix minutes plus tard, un chariot recouvert d'un drap blanc traversa la pièce. Tony Aquista allait à la morgue située au bout du couloir.

Je croisai les jambes et me demandai si, au moment où l'homme mourait, un bébé naissait quelque part dans Las Cruces. Comme ça, la population de la ville ne se trouverait pas diminuée d'une unité.

2

Un homme de grande taille, vêtu d'un complet gris foncé, ouvrit la porte de la morgue et suivit le couloir, droit vers moi. Il portait un magnifique Stetson. Un autre individu le suivait, en uniforme celui-là. Je devinai que c'étaient le shérif et un de ses adjoints. Tout en marchant, ils s'entretenaient suffisamment haut pour que je puisse les entendre.

— Qu'est-ce que c'est, à ton avis ? demandait l'homme au Stetson.

L'adjoint haussa les épaules.

— Une histoire de femme, sans aucun doute. Vous connaissiez bien Tony, chef.

— Ouais...

A mesure que le shérif s'approchait, je discernais mieux ses traits. Il ne devait guère être plus âgé que moi, mais la vie au grand air lui avait donné un teint de pomme cuite. Des dizaines de petites rides étaient perceptibles autour des yeux, de la bouche, à côté du nez. Trois plis lui barraient le front. Ses yeux étaient profondément enfoncés dans les orbites. Lorsqu'il fut tout près, je constatai qu'ils étaient noirs comme ceux d'un Mexicain.

Les deux hommes s'arrêtèrent devant moi, et le shérif demanda :

— C'est vous qui l'avez amené ici ?

— Moi-même.

— Vous n'êtes pas de Las Cruces, hein ?

— Non. De Los Angeles.

— Je vois...

A entendre son intonation on aurait cru que je venais d'avouer un crime.

— Commençons par le commencement, reprit-il. Vos nom et adresse.

Je lui dis que je m'appelais Lew Archer et lui donnai l'adresse de mon bureau, Sunset Boulevard. L'adjoint les nota consciencieusement sur un petit carnet. Le shérif attira une chaise à lui et s'installa à un mètre de moi, à califourchon.

— Je m'appelle Church et je suis shérif de ce comté, se présenta-t-il. Et lui... — il indiqua son adjoint — c'est Danelaw. Il est chargé du service de l'Identité judiciaire. Maintenant que vous savez à qui vous avez affaire, Mr. Archer, peut-on vous demander ce que vous faites dans la vie ?

— Je suis détective privé.

— Hum !...

Il ne chercha pas à cacher son étonnement.

— C'est vraiment une drôle de coïncidence ! A moins que... Que faisiez-vous sur la route ?

— Je me rendais à Sacramento.

Il se gratta la tête.

— Je crains qu'il vous soit impossible de repartir ce soir, Mr. Archer. De nos jours, jouer au Bon Samaritain implique souvent des complications imprévues. A cause de la bureaucratie, vous comprenez. Et puis, on aura besoin de vous pour l'enquête.

— Je ne l'ignore pas.

— Je vais faire de mon mieux pour accélérer la procédure... Demain ou après-demain... Voyons, nous sommes jeudi. Pourriez-vous rester à Las Cruces jusqu'à samedi ?

— S'il le faut, oui.

— Parfait. Dans quelles circonstances l'avez-vous trouvé ?

— Il gisait dans le fossé, à quelques kilomètres au

sud de la base des fusiliers marins. Il a réussi à se mettre sur ses genoux et à me faire signe.

— Il n'avait donc pas perdu conscience... A-t-il dit quelque chose ?

— Il s'est évanoui avant que je l'aie atteint. Dans l'état où il était, ça ne me disait rien de le déplacer, mais je n'avais guère le choix. Il n'y avait ni téléphone ni habitation à proximité. Alors, je l'ai installé sur le siège arrière de ma voiture et j'ai fait appeler une ambulance du premier endroit où je me suis arrêté.

— C'est-à-dire ?

— Le motel *Kerrigan*. L'attitude de Kerrigan a été assez étonnante. Il devait connaître Aquista et ne le tenait pas en très haute estime. C'est sa femme qui a téléphoné à l'hôpital.

— Mrs. Kerrigan ? Que faisait-elle là ?

— Je l'ai trouvée à la réception.

— Vous n'avez pas vu la directrice ? Miss Meyer ?

— Je n'ai vu personne d'autre que Kerrigan et madame. Pourquoi ?

— Pour rien...

Il se racla la gorge.

— C'est la première fois que j'entends dire que Kate Kerrigan s'occupe du motel.

Danelaw s'arrêta un instant de prendre des notes.

— Elle s'en occupe activement depuis le début de la semaine, déclara-t-il.

Church tourna la tête et ouvrit la bouche comme pour poser une question à son adjoint, mais dut changer d'avis et la referma sans avoir rien dit.

— Kerrigan, intervins-je, était d'ailleurs un peu rond. C'est ce qui explique peut-être son attitude assez déplaisante. Il m'a demandé, entre autres, si c'est moi qui avais tiré sur Aquista.

Un bref sourire s'esquissa sur les lèvres du shérif.

— Et qu'avez-vous répondu ? s'enquit-il.

— Que je n'avais jamais vu le blessé.

— Ouais...

Il se leva avec une agilité étonnante pour son grand corps.

— Je voudrais que vous me montriez l'endroit où vous avez ramassé Tony...

Je me remis, moi aussi, debout et Church, me prenant par l'épaule, me poussa doucement en avant, sans qu'on pût affirmer si c'était là un geste de commandement ou d'amitié. Dans l'ignorance, je m'écartai de lui, et nous poursuivîmes notre marche en file indienne, Church en tête, Danelaw me suivant comme mon ombre.

Church pilotait une Mercury noire dernier modèle que rien ne distinguait d'une voiture ordinaire si ce n'était sa plaque d'immatriculation. Cette fois, ce fut moi qui pris la tête de la procession, le shérif et son adjoint me suivant dans la Mercury. La nuit était tombée et la circulation sur la route était intense, la plupart des voitures nous croisant, ce qui m'obligeait à rouler à allure relativement modérée. Dix minutes après que nous eûmes démarré, une seconde auto officielle nous rattrapa et se joignit à nous. Je me trompai deux fois, après le motel, pensant avoir atteint l'endroit où j'avais découvert Tony Aquista. Finalement, je crus le reconnaître pour de bon. Une tache de sang séché sur la chaussée me confirma que je ne faisais pas erreur. A la lueur des phares, le paysage prenait un relief étonnant. On apercevait même l'empreinte du corps de Tony dans l'herbe en bordure de la route.

Plusieurs autres adjoints descendirent de la seconde voiture officielle et l'un d'eux, individu trapu, au visage de métis hispano-indien, s'approcha de Church et lui dit :

— Le service des transmissions a réussi à joindre Meyer. Tony était bien de service aujourd'hui et son camion a été porté manquant.

— Qu'est-ce qu'il transportait ? demanda le shérif.

— Meyer n'a pas voulu le dire. Il désire vous en parler. Quand j'aurai mis la main sur le fils de pute qui a fait ça...

Il n'acheva pas mais son regard se posa sur moi, si intense que j'eus l'impression d'un impact physique.

Church lui posa la main sur l'épaule.

— Ne perds pas ton sang-froid, Sal, dit-il. Je sais que Tony et toi étiez parents...

— C'était mon cousin, le fils du propre frère de ma mère !

— Nous attraperons les coupables, Sal, mais avant de leur faire quoi que ce soit, nous nous assurerons que c'est bien eux. Dans notre métier, il ne faut surtout pas se laisser emporter par ses sentiments. Cet homme, ajouta-t-il en me désignant, n'est pour rien dans cette affaire. Il a simplement trouvé Tony sur la route et l'a amené à l'hôpital.

— C'est ce qu'il prétend ?

— C'est ce que *je* dis...

La voix de Church était subitement devenue froide, officielle.

— Où est Meyer ?

— A son bureau.

— Vas-y, Sal, et ramène-nous le maximum de renseignements sur le camion. Et dis au vieux que j'irai lui rendre visite plus tard. Fais donner l'alerte générale. Je veux des barrages sur toutes les routes menant hors du comté. T'as bien compris tout ça, Sal ?

— Oui, chef !

Sal courut vers la seconde voiture, y monta, mit le moteur en route et démarra à toute vitesse pendant que Church et ses autres adjoints commençaient à examiner le terrain alentour.

Danelaw prit les empreintes de mes chaussures et les compara avec celles qu'on voyait dans la poussière. C'étaient les mêmes et il n'y en avait pas d'autres.

— On dirait qu'il a été poussé d'une voiture, déclara Church. Ou peut-être de son camion.

Il se tourna vers moi :

— En arrivant sur les lieux, vous n'avez aperçu aucun autre véhicule dans les parages ?

— Rien. La route était déserte.

— Il est possible, poursuivit le shérif d'un ton songeur, que le véhicule ne se soit même pas arrêté et que Tony ait été éjecté en marche.

Danelaw, penché sur l'herbe, redressa la tête et dit :

— C'est certainement ce qui s'est passé, chef. Il a dû atterrir à au moins quatre ou cinq mètres de la chaussée. Il y a des traces de sang à l'endroit où il s'est traîné pour atteindre la route.

Church cracha sur l'asphalte.

— Une sale affaire ! grogna-t-il. Au fait, ajouta-t-il, est-ce que je peux voir votre licence, Archer ?

— Pourquoi pas ?

Et je lui montrai le photostat que j'avais toujours sur moi. Il l'examina d'un air distrait.

— Ça m'a l'air en ordre, déclara-t-il. Qu'est-ce que vous alliez faire à Sacramento ?

— Présenter un rapport à une commission législative locale...

Je donnai le nom du président de la commission.

— C'est lui qui m'a engagé pour enquêter sur le trafic des stupéfiants dans la partie sud de l'État.

— Si je me donnais la peine de vérifier vos affirmations ?...

— Vous perdriez votre temps. D'ailleurs, je peux vous le prouver sur-le-champ. J'ai sur moi les lettres échangées...

Je fis mine de me diriger vers ma voiture, mais Church m'arrêta :

— Pas la peine. Vous n'êtes pas suspect. Sal Braga est émotif et puis, il est parent d'Aquista. C'est ça, l'ennui dans cette ville. Tout le monde est parent de tout le monde. Parfois, ça complique les choses...

Il observa un bref silence.

— Et si on allait rendre une petite visite à Kerrigan ?

— Excellente idée.

Pendant que nous parlions, d'autres voitures officielles nous avaient rejoints. Et puis, il y avait celles des curieux qu'un flic, surgi on ne savait d'où, essayait non sans peine de faire circuler. Church monta dans son auto et je le suivis dans la mienne.

3

On aurait dit que Kerrigan nous attendait, car il parut sur le seuil du motel à peine nous étions-nous arrêtés devant l'entrée.

— Comment va, Brand ? demanda-t-il au shérif.

— Pas mal, merci.

Les deux hommes se serrèrent la main. Malgré cette attitude apparemment amicale, on sentait entre eux une certaine tension, une espèce d'animosité de longue date.

Non, répondit Kerrigan à toutes les questions que lui posa le shérif. Il ne s'expliquait pas comment Tony avait pu être assassiné. Ni pourquoi. Un si gentil garçon ! Un homme de passage lui avait demandé d'appeler une ambulance et c'est ce qu'il avait fait. A part ça, il ignorait tout de l'affaire. Tout en parlant, il ne cessait de me jeter des coups d'œil hostiles.

— Et les affaires ? demanda tout à coup Church.

Il regarda au-dessus de l'entrée et, apercevant le mot « Complet », ajouta :

— Je suppose que je connais la réponse.

— Les affaires ? fit Kerrigan d'un ton amer. Atrocement mauvaises. J'ai affiché l'écriteau pour qu'on me fiche la paix ce soir. Ma femme est trop énervée pour tenir la réception. C'est du moins ce qu'elle prétend.

— Et Anne ? En vacances ?

— Si l'on veut.

— Que voulez-vous dire ? Elle a plaqué le motel ?

Kerrigan haussa les épaules, l'air dégoûté.

— Je n'en sais rien. J'allais justement vous le demander, dit-il.

— Pourquoi justement à moi ?

— Vous êtes parents, non ? On ne l'a pas vue ici de la semaine et il m'a été impossible de la contacter.

— Avez-vous essayé son appartement ?

— Le téléphone ne répond pas...

Kerrigan dévisagea Church.

— Vous voulez dire que vous non plus, vous ne l'avez pas vue, Brand ?

— Pas cette semaine, reconnut le shérif.

Il ajouta, après une brève hésitation :

— On ne l'a guère vue, ces temps derniers.

— C'est drôle ! Et moi qui pensais qu'elle ne vous quittait pour ainsi dire pas.

— Vous vous trompez. Elle et Hilda se voient à l'occasion mais, la plupart du temps, Anne mène sa vie à elle.

Kerrigan sourit en coin.

— Peut-être que cette semaine elle l'a menée un peu plus que d'habitude, fit-il d'un ton plein de sous-entendus.

— Qu'est-ce que vous voulez dire ? grogna Church.

— Ce qu'il vous plaira de penser, répliqua insolemment Kerrigan.

Church fit un pas vers lui, les poings serrés. A la lumière du néon qui éclairait l'entrée, son visage paraissait vert foncé. J'avais assisté à la discussion de ma voiture. Craignant que les choses ne se gâtent, j'ouvris bruyamment la portière et mis pied à terre. Le bruit que je fis produisit l'effet escompté. Church tressaillit et s'immobilisa. Il fixa longuement Kerrigan, puis pivota sur ses talons et s'éloigna de quelques pas, se perdant dans l'ombre.

Je m'approchai de Kerrigan qui ricanait.

— Il voudrait bien que je la ferme, dit-il, mais il sait que l'affaire se terminerait devant le tribunal, où il comparaîtrait pour coups et blessures.

Mrs. Kerrigan apparut sur le seuil.

— Que se passe-t-il, Don ? demanda-t-elle.

Elle vint vers nous, une cape de renard argenté sur les épaules. Elle arborait une mine encore plus soucieuse que lors de notre première rencontre.

— C'est Brand qui n'est pas content parce que je lui ai dit la vérité, expliqua Kerrigan d'un ton agressif. Je lui ai déclaré qu'on n'avait pas vu Anne de la semaine, et il a laissé entendre que j'en étais responsable.

Elle posa timidement une main sur son avant-bras, comme si elle essayait de calmer un fauve furieux.

— Tu as dû mal comprendre, chéri, fit-elle. Pourquoi te rendrait-il responsable des actes d'Anne ? Je suis sûre qu'il voulait simplement l'interroger au sujet de Tony.

— Pourquoi ? intervins-je. Est-ce qu'elle connaissait Aquista, elle aussi ?

— Bien sûr qu'elle le connaissait. Elle éprouvait même un grand faible pour lui... Pas vrai, Don ?

— La ferme ! rugit-il.

Elle recula comme sous l'effet d'une claque.

— Continuez, Mrs. Kerrigan, repris-je. Cela peut être important. Aquista est mort.

— Il est mort ?

Elle porta les mains à sa poitrine. Ses doigts agrippèrent la fourrure. Déplaçant son regard de moi à son mari, elle demanda :

— Anne est-elle mêlée à cela, Don ?

— Je ne sais pas, répliqua-t-il sèchement. Et puis, ça suffit comme ça, Kate ! Rentre, sinon tu vas finir par attraper froid. Sans compter que tu vas te rendre ridicule.

— Tu n'as pas le droit de me donner des ordres, protesta-t-elle sans conviction. J'ai parfaitement le droit de parler avec qui bon me semble.

— Tu ne vas tout de même pas laver notre linge sale devant cette espèce de...

— Je n'ai rien fait de tel...

— Je t'ai déjà dit de la fermer ! l'interrompit-il d'un ton menaçant. Tu n'as déjà que trop parlé !

Il la saisit par le coude et l'entraîna vers l'entrée du motel. Elle se débattit faiblement. Il ne la lâcha que devant la porte et elle disparut à l'intérieur du bâtiment, sans se retourner.

Kerrigan revint vers moi, en se passant les doigts dans les cheveux. Il les avait coupés court, bien trop court pour son âge, et je compris que j'avais devant moi un homme qui se refusait à vieillir.

— Voilà comment je les traite, les femelles, déclara-t-il d'une voix méprisante. Toutes des garces et des putains, qu'elles soient de bonne famille ou non ! Et les salopards, je les traite de la même façon, ajouta-t-il en se plantant devant moi. A moins que vous ne soyez ici à titre officiel, je vous suggère de déguerpir. Et en vitesse !

Je jetai un regard circulaire. Church était enfermé dans une cabine téléphonique, à l'autre bout de la cour, le combiné à l'oreille.

— Expliquez-vous avec le shérif, dis-je à Kerrigan. Je suis venu ici avec lui.

— Qui êtes-vous, au juste ? me demanda-t-il d'un ton bourru. Si j'étais sûr que c'est vous qui m'avez impliqué dans cette affaire...

— Qu'est-ce que vous feriez, mon brave ? fis-je d'un ton ironique.

— Vous seriez déjà dans la poussière, avec toutes vos dents dans le gosier.

— Vraiment ? Et moi qui croyais que vous ne vous en preniez qu'aux femmes sans défense !

— Vous voulez une correction ?

Mais sa voix manquait d'assurance et je devinai que, cette fois du moins, il ne m'attaquerait pas. D'ailleurs, notre échange d'aménités fut interrompu par la venue de Church, visiblement calmé.

— Je vous dois des excuses, Don, dit-il. Il ne m'arrive pas souvent de perdre ainsi la tête.

— Vraiment ? Vous vous emportez plus souvent

qu'il ne faudrait, shérif. Un jour, vous vous retrouverez chômeur, et vous n'aurez qu'à vous en prendre à vous-même.

— Je me suis excusé, Don. Cela ne vous suffit pas ? Enterrons la hache de guerre. Après tout, je ne vous ai rien fait.

— Heureusement pour vous, sinon vous coucheriez ce soir en prison.

— J'ai dit : enterrons la hache de guerre, répéta Church avec un effort visible. Parlez-moi plutôt d'Anne. Il semble que personne ne sache où elle se trouve. En tout cas, elle n'a pas dit à Hilda qu'elle comptait plaquer son boulot ou aller quelque part.

— Elle n'a pas plaqué son boulot, déclara Kerrigan. Elle est simplement partie pour le week-end et n'est pas revenue lundi matin, comme elle aurait dû. Et, depuis, elle ne m'a pas donné de ses nouvelles.

— Où a-t-elle pu aller ?

— Est-ce que je sais, moi ? Elle n'a pas l'habitude de me faire des confidences.

Ils se turent un instant tous les deux. Ils avaient parlé d'un ton presque normal, mais une haine sans bornes semblait suspendue dans l'air.

— Vous mentez, dit enfin Church.

— Peut-être, ricana Kerrigan. Mais faudrait encore prouver que je mens.

Le shérif vit que je les surveillais et, d'un clin d'œil, me fit comprendre que j'étais de trop. Comme je n'avais pas l'intention de me le mettre à dos, j'obéis et pénétrai dans le vestibule du motel.

Mrs. Kerrigan était couchée en chien de fusil sur un sofa installé dans un coin. Elle avait gardé sa cape et était agitée de sanglots silencieux. Je toussai.

— Qu'est-ce que c'est ? demanda-t-elle sans se retourner.

— Archer, Mrs. Kerrigan. Celui qui vous a valu tous vos ennuis.

Elle se remit sur son séant, renifla, se moucha puis vint vers moi le mouchoir à la main.

— Vous n'y êtes pour rien, déclara-t-elle. Ça me pendait au nez depuis longtemps... Vous faites partie de la police locale, Mr. Archer ?

— Non. Je suis détective privé, et c'est principalement dans les comtés du sud de l'État que j'exerce mes activités. C'est tout à fait par hasard que je me suis trouvé mêlé à cette affaire.

— Vous n'êtes pas le seul...

Elle se moucha de nouveau, se tamponna les yeux.

— Qu'est-ce que ça signifie, tout ça ?

— Vous devriez le savoir mieux que moi. Vous connaissez les gens qui s'y trouvent impliqués.

— Vous croyez ? fit-elle d'un ton amer. Vous vous trompez. Je ne les connais pas. Même pas mon propre mari.

— Ça fait longtemps que vous êtes mariée ?

— Sept ans... Sept longues années...

Elle hésita, puis reprit :

— Mr. Archer, est-ce que vous êtes de ces détectives qu'un particulier peut engager, pour qu'ils fassent une enquête sur une autre personne ?

Je répondis par l'affirmative.

— Est-ce que je pourrais... Est-ce que je peux vous faire confiance ?

— Cela dépend uniquement de vous. La plupart de mes clients m'ont fait confiance et je ne crois pas qu'ils aient eu l'occasion de le regretter. Malheureusement, je ne transporte pas mes références sur moi.

— Est-ce que cela coûterait cher ? J'ai un peu d'argent...

— Cela dépend de quoi il s'agit. Pour l'instant, vous ne m'avez rien dit.

— C'est vrai... Vous devez me prendre pour une folle, Mr. Archer, mais je ne le suis pas. Simplement, mes idées ne s'enchaînent pas très bien, ce soir.

Je haussai les épaules.

— Au fond, poursuivit-elle, je ne sais pas ce que je veux. Si ! Je sais ! Je ne veux causer d'ennuis à personne.

— Votre mari y compris ?
— Oui-i-i...
Elle baissa la voix.
— Je l'ai surpris hier en train de faire ses valises. Je crois qu'il a l'intention de me quitter.
— Le plus simple serait de le lui demander.
— Je n'ose pas, fit-elle d'un ton désolé. Ou, plutôt, je crains sa réponse.
— Est-ce que vous l'aimez ?
— Je n'en ai pas la moindre idée... Je l'ai aimé, mais il y a si longtemps de ça.
— Il y a une autre femme dans sa vie ?
— *D'autres* femmes, Mr. Archer.
— Anne Meyer serait-elle l'une d'elles ?
— Elle l'a été. Il y a eu quelque chose entre eux, l'année dernière. Il m'a juré ses grands dieux que c'était fini, mais je n'ai que sa parole pour cela. Si vous pouviez la retrouver et établir ce qu'elle a fait, ces temps derniers...
— Depuis quand est-elle partie, Mrs. Kerrigan ?
— Depuis vendredi dernier.
— Où a-t-elle passé le week-end ?
— Je ne sais pas.
— Avec votre mari ?
— Non. C'est du moins ce qu'il prétend. J'allais dire que...
La voix de Kerrigan retentit derrière moi :
— Qu'est-ce que tu allais dire ?
Il s'était approché sans bruit. Je vis le visage de Kate Kerrigan se décomposer cependant qu'il marchait sur elle. Il s'arrêta entre elle et moi.
— Est-ce que je ne t'avais pas dit de fermer ta grande gueule ? siffla-t-il.
— Je n'ai pas...
— Pas la peine de mentir. Je t'ai entendue. Est-ce que tu aurais l'intention de me traiter de menteur, Kate ?
Le bruit de la gifle emplit la réception et Mrs. Ker-

rigan poussa un cri étouffé. J'agrippai l'homme par l'épaule.

— Laissez-la tranquille, ordonnai-je sans élever la voix.

Il émit une espèce d'aboiement de rage et se retourna d'une pièce. Son poing partit comme une flèche, mais je fis un pas de côté et l'homme faillit perdre l'équilibre.

Je reculai d'un mètre et l'attendis. Il chargea comme un taureau furieux. Je le cueillis d'un crochet du gauche et l'achevai d'un uppercut du droit. Il fit entendre un hoquet, vacilla un instant. Craignant une surprise, je lui envoyai un solide direct à l'estomac. Un « Han ! » rauque, et la grosse masse vint s'abattre à mes pieds.

Kate Kerrigan accourut vers nous et s'agenouilla.

— Ah, vous les hommes ! fit-elle d'un ton de reproche. Toujours à vous bagarrer !

Elle souleva la tête de son mari et essuya avec son mouchoir le sang qui coulait de son menton éclaté.

— Il n'est pas grièvement blessé, au moins ?

— Certainement pas.

— Vous n'auriez pas dû le frapper.

— C'est lui qui a commencé.

— Oui, c'est vrai...

Kerrigan bougea et poussa un gémissement. Mrs. Kerrigan me jeta un coup d'œil effrayé.

— Vous feriez bien de partir. Don a un pistolet et il sait s'en servir.

— Il ne s'en serait pas servi pour descendre Aquista, des fois ?

— Certainement pas. C'est absolument grotesque !...

Elle parlait d'une voix noble, tragique.

— Mon mari n'est pour rien dans cette affaire. Nous avons passé l'après-midi ensemble.

Kerrigan remua de nouveau et essaya de se redresser.

— Partez, me dit-elle sans me regarder.

— Et l'enquête dont vous m'avez parlé ?

— Oubliez tout ce que j'ai pu vous dire. Ça vaudrait

mieux pour tout le monde. J'en ai assez de ces histoires. Elles ne me valent que des ennuis.

— Comme vous voulez. Après tout, c'est vous la première intéressée.

4

La Mercury du shérif n'était plus là, et la cour du motel était déserte. Je montai dans ma voiture et pris la direction de la ville. Cinq minutes plus tard, ma curiosité l'emporta. Il y avait du drame dans l'air, je le sentais. Un drame infiniment plus complexe qu'il ne paraissait au premier abord. Et les Kerrigan, à mon avis, devaient y tenir des rôles capitaux.

Je virai en épingle à cheveux, revins vers le motel. Il y avait heureusement des arbres tout autour. Je me garai à l'ombre d'un vieux chêne et attendis. Le temps de fumer deux cigarettes et les lumières du motel s'éteignirent, enseigne au néon comprise. L'entracte était terminé, le rideau allait se lever sur le second acte. Je remis le moteur en marche.

Kerrigan parut sur le seuil et se dirigea vers le fond de la cour. Une minute plus tard, une décapotable Ford de couleur rouge s'arrêta devant l'entrée et Kerrigan klaxonna. Mrs. Kerrigan sortit à son tour, la cape de renard ramenée sur elle.

Les suivre fut un jeu d'enfant. Kerrigan me conduisit jusqu'au quartier résidentiel de la ville. Là, il déposa sa femme devant une maison d'un étage, d'aspect cossu. Puis, sans avoir quitté le volant, il redémarra, se dirigeant cette fois vers le centre de Las Cruces à une vitesse qui eût dû attirer sur lui les foudres de tous les flics de la cité. Mais nous n'en rencontrâmes pas un seul. Après avoir parcouru la Grand-Rue sur une longueur d'une dizaine de blocs, il tourna à droite. C'était le quartier moche de la ville. On y trouvait surtout des hôtels de passe, des bars louches, quelques restaurants chinois et mexicains. Kerrigan s'arrêta devant un établissement dont l'enseigne proclamait fièrement : *Jardins d'Orient*, jeta un coup d'œil par la portière, comme pour voir s'il n'était pas suivi, puis se rangea entre deux tacots datant au moins d'un quart de siècle. Je garai ma bagnole au coin et m'approchai du restaurant au pas de course. Par la vitre poussiéreuse, j'eus le temps de voir Kerrigan parler avec un vieux Chinois. Celui-ci souriait de toutes ses dents. A la fin, il écarta un rideau qui masquait une arcade, au fond de l'établissement, et s'effaça pour laisser passer son nouveau client. J'attendis que Kerrigan eût disparu pour entrer à mon tour.

La salle comportait d'un côté un long comptoir, de l'autre une série de boxes dont les parois étaient peintes en couleurs vives — jaune et orange. Des lanternes chinoises en papier pendaient du plafond. Un antique ventilateur électrique essayait vainement de brasser l'air du restaurant où se mélangeaient des relents de cuisine à l'huile, de sauce épicée, d'alcool et de sueur. Les clients, à en juger d'après les spécimens que j'avais sous les yeux, devaient surtout se recruter parmi les manœuvres des raffineries de pétrole voisines, surtout des Mexicains et des Chinois.

Le garçon qui avait déjà accueilli Kerrigan s'approcha de moi, un sourire de commande aux lèvres.

— Vous désilez un box, missié ? demanda-t-il.

— Je préférerais un salon particulier.

— Désolé, missié. Le delnier vient d'êtle plis. Si seulement vous étiez allivé une minute plus tôt.

— Aucune importance.

Je pris place dans un des boxes proches de l'entrée, m'installant de façon à pouvoir surveiller l'arche du fond dans l'immense glace qui courait derrière le bar. Pendant que je me mettais à l'aise, je vis le garçon emporter un double rye sur un plateau, en direction des salons particuliers. Quand il fut revenu, il s'empara d'un menu sur le comptoir et me l'apporta.

— Ces lanternes de papier, lui dis-je, vous savez que c'est dangereux ? Un incendie se déclare si facilement... Est-ce qu'il y a au moins une sortie de secours ?

— Non, missié, mais vous n'avez lien à claindle. Nous n'avons jamais eu de feu ici. Vous désilez manger, missié ?

Je me souvins tout à coup que je n'avais pas dîné et commandai un steak à la new-yorkaise et une bouteille de bière. La boisson me parut rance ; quant à la viande, elle devait provenir d'une bête crevée de vieillesse. Mais j'avais tellement faim que je liquidai le tout de bon appétit. Au moment où je repoussais mon assiette vide, la porte du restaurant s'ouvrit et une jeune femme entra. De taille moyenne, elle avait une tête ravissante, aux traits fins et aux yeux noirs, légèrement bridés. Sa bouche était boudeuse. Elle portait un manteau de lapin imitant assez bien le vison et marchait en se déhanchant. Tous les hommes, y compris le barman philippin, la fixèrent avidement. Elle eut une moue de mépris et se dirigea vers le vieux Chinois. Au passage, nos regards se croisèrent et je ne pus m'empêcher de sourire. J'eus droit, comme les autres, à une moue de mépris, puis elle s'adressa au garçon :

— Est-il là ?

— Oui, Miss. Il vous attend au salon particulier.

Je ne la quittai pas des yeux. Était-ce Anne Meyer ? Sûrement pas. Plutôt une petite actrice de deuxième ordre qui, malgré ses échecs répétés, espérait encore réussir. A force de charme s'il le fallait, car une sensualité presque maladive se dégageait de toute sa personne.

Elle disparut derrière le rideau du fond. J'attendis que le Chinois eût franchi le seuil de la cuisine, puis me levai et me dirigeai à mon tour vers le rideau. Il masquait un petit couloir au bout duquel se trouvaient les toilettes. La porte de l'unique salon particulier de l'établissement se trouvait à ma droite. Un rideau vert sale cachait le battant. Je m'arrêtai. Il fallait me poster de façon à entendre ce qui se disait à l'intérieur, tout en étant capable d'expliquer ma présence devant la porte, si quelque curieux survenait. Je me glissai derrière le rideau et collai mon oreille au battant tout en surveillant d'un œil l'arche donnant sur la grande salle des *Jardins d'Orient*. Les voix me parvinrent aussi nettement que si je m'étais trouvé dans la pièce.

— C'était ton épouse au téléphone ? disait la jeune femme. Je ne l'avais encore jamais entendue. Elle s'exprime comme une personne bien élevée.

— Elle l'est, effectivement, déclara Kerrigan. Trop bien élevée, même, ajouta-t-il en poussant un soupir. D'ailleurs, tu n'aurais pas dû me téléphoner au motel. Elle m'a surpris, hier soir, en train de faire mes valises et j'ai eu droit à une heure de reproches et de jérémiades. J'ai l'impression qu'elle se doute de quelque chose.

— Tu veux dire en ce qui concerne nos projets ?

— Pas seulement.

— Quelle importance ? Elle ne peut rien faire pour nous en empêcher.

— On voit bien que tu ne la connais pas. C'est qu'elle m'aime encore ! Et je ne veux pas de complications de dernière minute. En fait, je ne devrais pas être ici.

— Pourquoi ? Tu n'es pas content de me voir ?

— Si, bien sûr. Mais il aurait été plus sage de remettre ce rendez-vous.

— J'ai attendu toute la journée, Donny. Je n'ai pas eu de nouvelles de toi, et j'ai cru devenir folle. Il fallait que je te voie. Je voulais savoir ce qui s'est passé.

— Il ne s'est rien passé. Ça a marché. Et maintenant, tout est terminé.

— Tu veux dire que nous pouvons enfin partir ?

— Pas encore. Il me reste quelques dernières petites questions à régler. Pour commencer, je dois contacter Bozey.

— Il n'a pas mis les voiles ?

— J'espère que non. Il me doit encore de l'argent.

— Il payera, ne t'en fais pas. Tu peux lui faire confiance, ce n'est pas un escroc. Quand est-ce que tu dois le voir ?

— Plus tard. Mais il n'est pas le seul à qui je doive parler.

— Quand tu le verras, est-ce que tu peux lui demander quelque chose pour moi, Donny ?

Sa voix faisait penser au ronronnement d'une chatte.

— Des *reefers*[1]. Oh, pas beaucoup. Juste deux ou trois. On pourra s'en procurer autant qu'on voudra, au Mexique, mais en attendant... Il me les faudrait ce soir, sinon je ne tiendrai pas.

— Tu crois peut-être que cette attente m'amuse, moi ? Moi aussi je souffre. Et c'est uniquement pour te faire patienter que je suis venu ici ce soir.

— Ne t'inquiète de rien, mon chéri. Je te sens tout nerveux, tout tendu. Mais pourquoi t'en faire ? Rien ne peut arriver. Sammy est au courant et...

— Ouais. Et combien d'autres personnes ? Et que savent-elles au juste ? Il y avait tantôt au motel un privé qui semblait s'intéresser à des choses qui ne le regardent pas.

— N'y pense plus, Donny chéri... Rapproche-toi plutôt de moi et parle-moi de notre existence future. C'est bien vrai ce que tu me disais ? Qu'on pourra rester sur la plage, tout nus, à ne rien faire ? Qu'on passera nos journées à contempler le ciel et à écouter les oiseaux ? Et qu'on aura des tas de domestiques pour faire tout ce que nous ordonnerons ?

J'entendis un froissement d'étoffe. Il y avait une fente dans le bois que je n'avais pas remarquée et j'y collai mon œil. Kerrigan et la fille étaient assis sur le canapé, l'un contre l'autre. L'homme s'activait à défaire le corsage de sa compagne. Il avait la bouche barbouillée de rouge à lèvres. Une voix neutre dit derrière moi :

— Vous chelchez quelque chose, missié ?

1. Cigarettes de marihuana. (*N.d.T.*)

Je me retournai d'une pièce. Le Chinois se tenait au milieu de l'arcade, un plateau sur sa main droite.

— Les toilettes, lui dis-je brièvement.

— Au bout du couloir, missié...

Il souriait, mais son regard était nettement hostile.

— Il y a une pancalte poul l'indiquer, missié.

— Merci, déclarai-je. Je ne l'avais pas vue. Je suis très myope.

— De lien, missié. De lien.

J'allai aux lavabos. Quand j'en sortis, une minute plus tard, le salon particulier était désert. Les steaks que le Chinois venait d'apporter refroidissaient sur la table. Le verre de rye, lui, était vide. Je revins dans la grande salle. Le Chinois se tenait derrière le bar.

— Où sont-ils allés ? demandai-je.

Il me jeta un coup d'œil étonné, comme s'il me voyait pour la première fois, et répondit en cantonais.

Je sortis dans la rue. La décapotable rouge de Kerrigan n'était plus là. J'allai jusqu'au coin, remontai dans ma guimbarde, fis le tour du bloc. Rien. Je fis le tour d'un second, puis d'un troisième. Enfin, près du carrefour Grand-Rue-Yanonali Street, il me sembla reconnaître le manteau de faux vison. J'accélérai, rattrapai la fille qui marchait. C'était bien elle. J'arrêtai la voiture et sautai à terre. Il n'est pas pratique de filer en auto une personne à pied.

Elle m'emmena jusqu'à une maison de trois étages ayant l'aspect d'une pension bon marché. Le quartier était presque entièrement peuplé de Noirs. Des gosses jouaient dans la rue, malgré l'heure tardive. Ils sifflèrent d'admiration en voyant passer la fille et me lancèrent des regards entendus après avoir deviné que je la suivais. Je notai mentalement le numéro de l'immeuble. Je n'avais nulle envie d'établir le soir même l'identité de la petite amie de Kerrigan. En revenant vers ma voiture, je demandai à un passant où se trouvait l'entreprise de camionnage Meyer. Il me dit que c'était à la sortie de la ville, dans le prolongement de la Grand-Rue. Je le remerciai et partis.

5

Ce n'était pas tout à fait ça. Les Établissements Meyer se trouvaient bien à proximité de la Grand-Rue, mais il fallait, avant de les atteindre, tourner dans une espèce d'allée, longue de trois ou quatre cents mètres, traverser une dizaine de voies ferrées et passer sous un pont. Mes suspensions en prirent un sacré coup, mais je finis quand même par arriver à destination. C'était un terrain en forme de quadrilatère, entouré de barbelés, flanqué d'un côté d'un immense hangar auquel menait un sentier poussiéreux. Je croisai, à l'intérieur de l'enceinte, deux camions qui s'en allaient. Un troisième était en train d'être chargé à côté du hangar. Un homme en bleu de travail, installé sur une caisse, roulait une cigarette à la lumière d'une ampoule nue d'une quantité impressionnante de watts. Il avait la tête lisse comme un genou.

— Qu'est-ce que vous voulez, mon pote ? me demanda-t-il en léchant sa cigarette.

— Voir Mr. Meyer, si possible.

— L'est pas là. L'est parti avec son gendre.

— Son gendre ?

— Ben oui, Brand Church, le shérif. Avec de la veine, vous pourrez le trouver chez lui. C'est pour affaires ?

— Plus ou moins. J'ai entendu dire qu'il avait perdu un camion.

— Tout juste...

Il mit la cigarette à la bouche et commença à fouiller dans ses poches, à la recherche d'un briquet.

— Et un chauffeur aussi.

— Quel genre de véhicule était-ce ?

— Un vingt tonnes à remorque...

La cigarette fut allumée.

— Le truc a coûté quarante billets au vieux, l'an dernier.

— Et qu'est-ce qu'il transportait ?

Il s'approcha de moi et me fixa d'un regard méfiant.

— J'en sais rien. Le patron m'a dit de la fermer.

— Pourquoi ?

— Il est furax, mon pote. Bien sûr, camion et cargaison étaient assurés, mais lorsqu'une société perd un de ses véhicules dans des conditions mystérieuses, les clients n'aiment pas ça...

Il s'efforça de déchiffrer la plaque d'immatriculation de ma voiture.

— Vous êtes journaliste ou quoi ?

— Non.

— Je sais ! Vous êtes de la compagnie d'assurances !

— Essayez de trouver mieux... En attendant, dites toujours ce qu'il transportait, votre camion.

Il bondit vers le véhicule en voie de chargement, et émergea soudain de l'ombre en brandissant une espèce de coupe-coupe qu'il fit voltiger au-dessus de ma tête.

— J'vous connais pas ! grogna-t-il. Qu'est-ce que vous avez, à me poser des questions ?...

— Vous énervez pas...

— Tu parles ! Un copain à moi se fait descendre comme un chien, et il me dit de ne pas m'énerver ! Répondez un peu à ma question ! Qu'est-ce que vous avez à fourrer votre nez dans cette affaire ?

Le coupe-coupe traçait des cercles menaçants au-dessus de moi.

— C'est moi qui ai trouvé votre copain sur la route, déclarai-je en m'écartant légèrement.

— Vous avez trouvé Tony après qu'on l'a tué ?

— Il n'était pas mort quand je l'ai ramassé. Il est mort plus tard, à l'hôpital.

— Vous a-t-il parlé ?

— Il n'en avait pas la force. Je l'ai découvert évanoui et il n'a pas desserré les lèvres jusqu'au moment où... Bref, je désire autant que vous découvrir le ou les coupables.

— Pourquoi ? Vous êtes flic ? Ou milicien ?

Le coupe-coupe s'abaissa.

— Il m'est arrivé de travailler pour les flics. Je suis un privé.

— Le vieux Meyer vous aurait-il engagé, des fois ?

— Pas encore.

— Vous croyez qu'il le fera ?

— Oui, s'il est malin.

Il se mit à rire.

— J'en serais bien étonné. Le patron, il n'a pas encore dépensé le premier *nickel* qu'il a gagné.

Sur ces paroles encourageantes, il posa son arme sur une caisse, à portée de main.

Je fouillai ma poche, pour prendre une cigarette. Puis j'eus une meilleure idée.

— J'ai plus de sèches, déclarai-je. Vous voulez m'en laisser rouler une ?

— Sûr, fit-il d'un ton aimable en me tendant sa blague et du papier.

Il me surveilla d'un œil critique pendant que je procédais à l'opération. Il faut croire que je ne m'en tirai pas trop mal, car il poussa un grognement, destiné sans doute à exprimer son approbation, puis me donna du feu.

— Alors, dit-il, vous êtes vraiment détective ?

— Un vrai de vrai. Mon nom est Archer.

— Moi, c'est Turko. Mais on m'appelle Tête-Nue.

— Enchanté de faire votre connaissance, Turko. Dites-moi, quel parcours faisait-il, Tony ?

— Ça variait. Le plus souvent, il faisait San Francisco. Mais aujourd'hui, il revenait de Los Angeles. Cargaison spéciale.

— Et quel camion conduisait-il ?

— Un modèle tout neuf. Un tracteur GMC et une remorque Fruehauf. Un vingt tonnes, comme je vous disais. Tenez, y en a un autre dans le hangar, mais c'est un modèle plus ancien.

Il m'en indiqua un que je n'avais pas remarqué. Il était de la taille d'une maisonnette. Je déchiffrai, sur ses parois, peints en rouge et noir, les mots : TRANSPORTS MEYER, TOUS PARCOURS, LAS CRUCES, CALIF.

— Et la cargaison ? insistai-je.

— Faudra que vous le demandiez au vieux. Je suis pas censé savoir. Depuis mon accident, je ne suis que gardien de nuit.

— Mais vous le savez ?

Il ne répondit pas tout de suite. Il commença par regarder tout autour. Puis il contempla d'un air d'envie la nationale dont on apercevait les lumières dans le lointain et sembla prêter l'oreille aux bruits de la circulation. Sans doute regrettait-il le bon vieux temps où, lui aussi, pouvait rouler la nuit.

— Vous savez vous montrer discret ? demanda-t-il enfin.

— Sans cela, je ne serais pas un privé.

Il baissa la voix :

— J'ai entendu le vieux en parler avec le shérif. Je crois que c'était du bourbon, en franchise.

— Tout le chargement ?

— Probablement que oui, puisque c'était assuré pour soixante-cinq sacs.

— Mais pour conduire des camions transportant des marchandises n'ayant pas acquitté les taxes, les camionneurs doivent, je crois, remplir certaines conditions.

— Exact. Et d'une, le patron doit verser un cautionnement. Nous n'avions qu'un seul camionneur comme ça, Tony. Et le patron avait versé cent sacs de cautionnement. C'est pour cela qu'il est furax. Les gars des indirectes, vous savez, ne vivent que pour nous chercher des poux dans la tête. Le patron n'a pas fini d'en baver. En vous voyant, j'ai d'abord cru que vous étiez un contrôleur, aussi j'ai commencé par me méfier.

— De toute façon, on ne peut rien reprocher à Meyer. Tony n'a pas fichu le camp. Il est même possible qu'on l'ait assassiné pour s'emparer du chargement.

— Vous pensez si le fisc s'en balance ! Mais je ne comprends pas comment ça a pu arriver. Le Tony, il avait des consignes très strictes : ne s'arrêter sous aucun prétexte. Même si le gouverneur lui-même faisait de l'auto-stop.

Je le vis qui serrait les poings.

— Probablement que c'est arrivé à cause d'une poule. Tony a dû désobéir aux ordres et voilà... Le crétin !

— J'ai l'impression que vous étiez bons copains, vous deux !

— Vous pouvez dire des frères. On vivait dans la même pension. Et puis, je lui devais quelque chose. Un jour, sur la route de Nojoqui, je transportais une grosse quantité d'essence. Mes freins ont cédé dans la descente. Tony était avec moi. Il a eu le temps de sauter au moment où tout se renversait dans le fossé, à plus de cent à l'heure. Le truc a explosé. Eh bien, Tony il a réussi à me tirer de là. Je n'y ai laissé que mes cheveux et mes sourcils.

— Supposons, dis-je, que ce soit un coup monté. Une bande décide de s'emparer de la cargaison et charge une femme de faire du charme à Tony. Aurait-il pu tomber dans le piège ?

Il s'humecta les lèvres.

— Tony, du moment qu'il y avait un jupon devant lui, il n'y voyait que du feu.

— J'ai entendu dire qu'une fille du nom de Meyer, Anne Meyer, pouvait être dans le coup.

— Anne Meyer ?

Il se mit à rire.

— Sûrement pas, mon vieux ! C'est la fille du

patron. Pourquoi serait-elle entrée au service d'une bande qui projetait de faire des ennuis à son paternel ?

— Mais c'est vrai, ce qu'on raconte au sujet d'elle et de Tony ?

— Ma foi, il n'y a pas de fumée sans feu, convint-il. Il m'en parlait souvent, en tout cas. Il aurait bien voulu... Mais Anne n'est pas de son milieu. Elle avait d'autres prétendants. Alors, le pauvre garçon se consolait comme il pouvait. Tenez, il y avait une autre fille qu'il sortait. Elle habite, je crois, dans Yanonali Street...

Je dressai l'oreille.

— Tony m'a dit qu'elle était folle de lui ! Paraît que c'est une chanteuse de cabaret. Il m'a même montré une photo. Une chouette poule, mon vieux. C'est peut-être pour elle qu'il a arrêté le camion, des fois qu'il l'aurait rencontrée sur la route.

— Et comment est-elle, cette fille ?

Il m'en donna une description qui correspondait, à quelques détails près, à la petite que j'avais vue en compagnie de Kerrigan une heure plus tôt.

— Vous ne connaissez pas son nom ? demandai-je.

— Je me souviens pas de son nom de famille. Quant au prénom, eh bien, Tony l'appelait Jo. Maintenant est-ce le vrai ou un pseudonyme de théâtre, ne me le demandez pas, je saurais pas vous le dire. Au fait, vous m'y faites penser... Il y a quelque chose dans cette amourette qui me semble pas catholique. Tony m'a dit qu'il l'avait eue comme ça...

Il fit claquer ses doigts.

— Or, une poule de sa classe accepterait-elle de se laisser faire si vite par un simple camionneur ?

Il fronça les sourcils.

— Plutôt louche, cette histoire. Si vraiment elle lui a cédé, c'est peut-être pour des raisons pas bien propres.

— Vous pensez ? Pourtant, Tony était joli garçon. Et vous savez que les hommes de son type tombent facilement les femmes.

— C'est vrai aussi, reconnut-il. Mais pas toutes.

Tony avait beau être joli garçon, il n'avait quand même pas de manières. Et puis, il était parfois brutal. Pas diplomate, comme on dit. Il lui est même arrivé de faire des sottises. Tenez, je ne devrais pas vous en parler mais, puisque je peux compter sur votre discrétion... Au début, Anne est sortie avec lui, deux ou trois fois. Mais il se montrait trop entreprenant. Alors, elle lui a dit que c'était fini entre eux. Tony, il s'est fâché tout rouge. Il a continué de la suivre. Il montait la garde devant chez elle. Un jour, le shérif l'a surpris en train de regarder par la fenêtre, pendant qu'elle se déshabillait. Le Tony, il a passé une nuit au commissariat et le shérif lui a dit que, s'il répétait le coup, il le ferait interner pour obsession sexuelle. Tony, il en a perdu le sommeil pendant deux jours. Et il était furax contre Church. Je comprends ça.

J'avais fini de fumer ma cigarette roulée. Je jetai le mégot par terre et l'écrasai du talon.

— Dites-moi, Turko, avez-vous parlé au shérif de cette fille ?

— De Jo ? s'indigna-t-il. Pour qui me prenez-vous ? J'ai pas desserré les dents, tant qu'il était là.

— Vous n'avez pas l'air de le porter dans votre cœur, le shérif.

— C'est parce que je le connais, mon vieux. Autrefois, c'était un gentil gars, comme les autres. Même qu'il a conduit des camions pendant l'été, pour se faire un peu d'argent de poche, lorsqu'il terminait ses études. Et c'était un champion de football. Mais, lorsqu'il est revenu de l'université, c'était plus le même homme. Il avait des idées de grandeur. Il ne parlait que de psychologie, prétendant que tout le monde était anormal, sauf lui. Après mon accident, il a même essayé d'expliquer qu'il y avait des gens qui attiraient à eux le malheur. Paraît que les compagnies d'assurances les appellent des Jonas. Non, mais vous vous rendez compte !

Il haussa la voix.

— Si quelqu'un est cinglé, c'est lui à coup sûr. Entre nous, le vieux Meyer ne l'aime pas beaucoup, mais il est bien obligé de le supporter, puisque c'est son gendre.

— Combien Meyer a-t-il d'enfants ?

— Juste deux filles. L'aînée, Hilda, a épousé Church. Jamais compris comment elle avait pu commettre pareille sottise. Ils se sont connus au bureau de papa Meyer, où Hilda travaillait comme secrétaire. Le coup de foudre, paraît-il. Ha !... Le vieux a poussé des clameurs, mais vous pensez bien que les deux jeunes ne lui ont pas demandé sa permission.

— Donnez-moi l'adresse du domicile de Meyer. Je vais aller le trouver.

Il ne se fit pas prier, puis m'envoya un coup de coude à l'estomac.

— Surtout, me dit-il, ne lui répétez pas ce que je vous ai appris. Je sais qu'il m'arrive d'être un peu bavard, mais... Si je vous ai tout dit, c'est que vous m'inspiriez confiance.

Je répondis qu'il pouvait compter sur mon entière discrétion.

6

Meyer occupait une impressionnante maison sans étage à la limite du quartier résidentiel. Un bosquet d'eucalyptus la protégeait des regards indiscrets. Dans la cour, je trouvai huit ou neuf carcasses de vieilles autos rongées par la rouille.

Je laissai ma voiture dans l'allée et contournai un petit étang dont les eaux stagnantes empestaient l'atmosphère. Les marches de la véranda craquèrent sous mes pas. Au moment où j'allais frapper, trois bruits secs me parvinrent à l'oreille. On eût dit des coups de feu. J'essayai de tourner le bouton de la porte. Fermée. Je frappai. Trois autres coups de feu retentirent. Quelqu'un devait s'exercer au tir dans la cave. Je frappai plus fort. Toujours rien. Au moment où je commençais à désespérer, une voix de femme dit de l'autre côté de la porte :

— C'est toi, Brand ?

Je ne répondis pas. Une ampoule électrique s'alluma au-dessus de ma tête et le battant s'ouvrit.

— Oh, je m'excuse, dit la femme. Je croyais que c'était mon mari.

De grande taille, avec des cheveux châtain foncé, c'était ce qu'on appelle une belle femme. Son buste lourd et ses larges hanches faisaient penser à un tableau hollandais du XVIIe siècle.

— Mrs. Church ?

— C'est moi. Nous serions-nous déjà rencontrés ?

Ses yeux vert foncé scrutèrent mon visage. Moi, j'avais l'impression qu'elle voyait à travers moi.

— Non, répliquai-je, mais j'ai fait cet après-midi la connaissance de votre époux. Qu'est-ce que c'est que ces coups de feu ?

— Rien de bien grave. Simplement père qui s'exerce au tir à la cave. Quand il a des ennuis, il se distrait de cette façon.

— Je n'ai pas besoin de vous demander le genre d'ennuis qu'il a, je suis au courant. En fait, c'est justement au sujet de ce camion disparu que j'aurais voulu le voir...

Je lui donnai mon nom et ma profession.

— Est-ce que je peux entrer ?

— Si vous voulez, mais ne vous étonnez pas du désordre. J'ai déjà suffisamment à faire avec mon propre foyer pour m'occuper de la maison de père. Je fais ce que je peux, mais c'est tellement grand ici. J'ai essayé de lui faire comprendre qu'il devrait engager une femme de ménage, mais il n'a rien voulu entendre. Pas de femmes dans cette maison autres que les membres de la famille.

Elle s'effaça pour me laisser entrer. En passant devant elle, je la détaillai du regard. Oui, c'était une belle femme, mais qui ne prenait aucun soin de sa personne. Mal coiffée, elle était également mal vêtue. La robe qu'elle portait eût été parfaite sur une jeune fille. Sur elle, elle faisait penser à une caricature. Lut-elle dans mes pensées ? Je l'ignore. Toujours est-il qu'elle baissa les yeux et, me plantant là, alla jusqu'au fond du vestibule où elle ouvrit une porte.

— Père, cria-t-elle, il y a quelqu'un qui voudrait te voir !

— Qui est-ce ? répondit une voix de basse, aussitôt étouffée par un coup de feu.

— Un détective privé.

— Qu'il attende.

Cinq autres coups de feu ébranlèrent le plancher sous mes pieds. Je vis Hilda Church tressaillir cinq fois. Puis elle porta la main à son front et ferma les yeux. Je priai Dieu qu'elle ne s'évanouît pas.

Des pas lourds retentirent, venant de la cave. Mrs. Church les écoutait comme un animal qui entend ceux d'un chasseur. Une étrange lueur brillait dans ses yeux verts. La crainte ? La haine ?

Meyer survint sur ces entrefaites. En passant devant sa fille, il remarqua son visage décomposé et eut un sourire cynique.

— Ouais, je sais, Hilda. Tu n'aimes pas les coups de feu...

D'un ton plus sec, il ajouta :

— La prochaine fois, tu n'auras qu'à te boucher les oreilles avec du coton.

— Je n'ai rien dit, père, protesta-t-elle timidement. Voilà Mr. Archer qui désire te voir.

Il me fit face, silhouette rabougrie d'un homme qui, vingt ans plus tôt, devait être resplendissant de force, de vigueur et de vie. Maintenant, les épaules tombaient, le thorax paraissait creux. Il avait une barbe d'au moins quarante-huit heures. Elle avait dû être rouge carotte dans le temps, comme les cheveux. Aujourd'hui, les poils gris étaient les plus nombreux. Seuls les yeux demeuraient magnifiques de flamme, de vivacité, de passion.

— Que puis-je faire pour vous, Mr. Archer ? demanda-t-il sèchement.

Je lui expliquai comment je m'étais trouvé mêlé à l'affaire. Je ne lui dis pas pourquoi je venais le trouver, mais il le comprit sans que j'eusse besoin de lui faire un dessin.

— En somme, déclara-t-il, vous voudriez que je vous engage ?

— Si vous estimez que c'est de votre intérêt, oui.

— Ha ! Mon gendre est en train de battre la campagne, avec trente de ses adjoints, pour retrouver les coupables. Et ne pensez pas que je ne les paie pas. Si vous saviez les impôts que j'aligne ! Maintenant, parlons peu mais parlons bien. Qu'avez-vous à m'offrir de plus que le shérif et ses trente chiens de chasse ?

— Je consacrerai à cette affaire la totalité de mon temps, de mon expérience et de mon intelligence.

— Pas mal répondu ! Vous vous croyez aussi précieux que ça ?

— J'ai une réputation dans le sud de l'État. Une bonne réputation.

— Moi, déclara-t-il, je ne mets jamais les pieds dans le Sud. Je suis très content de vivre ici...

Il examinait ses mains.

— De toute façon, qu'ai-je à gagner, si je vous engage ? Le camion était assuré, et la cargaison aussi.

— Peut-être, mais il reste encore votre réputation auprès des clients. Vous savez ce qu'ils penseront d'un transitaire qui se laisse faucher un camion avec remorque.

— A qui le dites-vous...

Il me toisa d'un regard méfiant.

— Vous m'avez l'air de savoir pas mal de choses. Qui vous a affranchi ? Kerrigan ?

— Pas le moins du monde. Que viendrait-il faire dans l'histoire ?

— La cargaison était à lui.

— *Toute* la cargaison ?

— En un sens. C'est lui qui devait assurer la répartition entre les détaillants. Mais, à moins que ceux-ci ne reçoivent effectivement l'alcool, c'est moi qui trinque.

— Vous disiez que c'était assuré.

— A 90 % seulement. Pour le reste, c'est moi qui paie de ma poche.

Il fit une grimace.

— Sept mille dollars, à quelques poussières près.

— Je me contenterai de dix pour cent de ce reste, c'est-à-dire de sept cents dollars, si je retrouve la cargaison.

— Et si vous échouez ?

— Je me contenterai de cent dollars de frais, payables d'avance.

Il me scruta longuement, portant le poids de son corps d'un pied à l'autre.

— Cent dollars, fit-il enfin d'un ton hésitant, c'est une somme. Qui me dit que vous ne ficherez pas le camp, sans seulement vous occuper de l'affaire ?

Je haussai les épaules.

— Si vous ne savez pas distinguer un honnête homme d'un filou, tant pis pour vous, dis-je, sentant la colère m'envahir.

— Bien répondu ! s'écria-t-il.

Cette fois, j'eus droit à un sourire.

— Suivez-moi, on va discuter affaires.

Son living-room était à la dimension de la maison — immense. Mal entretenu, comme je m'y attendais. Le tapis était usé jusqu'à la corde et une couche de poussière d'épaisseur respectable recouvrait la plupart des meubles. Seuls les fusils accrochés au-dessus de la cheminée paraissaient avoir été astiqués le matin même. Meyer s'installa sur un canapé et m'indiqua une chaise.

— Je vais vous proposer un marché. Vous demandiez sept cents dollars pour la cargaison. Moi, je réponds : sept cents pour la cargaison *et* le camion.

— Pourquoi ne pas ajouter : *et* ma fille ?

Il me contempla d'un air légèrement ahuri.

— De quelle fille parlez-vous ?

— De la vôtre. D'Anne. Elle aussi a disparu.

— Vous êtes cinglé. Elle travaille chez Kerrigan.

— Plus. Elle est partie vendredi soir et on ne l'a plus revue depuis.

— Qu'est-ce que c'est encore que cette histoire ? fit-il en fronçant les sourcils. Et moi, le père, je suis le dernier informé, comme toujours.

Haussant la voix, il cria :

— Hilda ! Hilda ! Où diable es-tu ?

Elle se dressa sur le seuil, sa robe cachée par un tablier qui, sur sa poitrine plantureuse, faisait penser à une voile de yacht.

— Qu'est-ce que c'est, père ? demanda-t-elle. J'essayais de mettre un peu d'ordre à la cuisine.

Elle s'avança d'un pas hésitant, un peu à la manière d'un spectateur de cirque que le dompteur aurait invité à entrer dans la cage aux lions.

— Je t'assure qu'en y passant toute la soirée, je ne pourrais nettoyer qu'une partie de la crasse qui s'y est accumulée !

— Je ne te demande rien. Dis-moi plutôt ce qui est arrivé à ta sœur. Serait-elle de nouveau dans le pétrin ?

— Anne a des ennuis ?

— C'est ce que je te demande. Tu la vois plus souvent que moi. En fait, n'importe qui, en ville, la voit plus souvent que moi.

— C'est toi seul qui en es responsable, père. En outre, à ma connaissance, elle n'a aucun ennui.

— Lui as-tu parlé récemment ?

— Pas ces jours-ci. Mais nous avons déjeuné ensemble la semaine dernière.

— Quel jour ? demandai-je à la jeune femme.

— Mercredi.

— Vous a-t-elle parlé de son intention de quitter son emploi ?

— Absolument pas. L'a-t-elle quitté ?

— Apparemment, déclara Meyer.

Il se leva, alla vers un téléphone installé sur un bureau, dans un coin de la pièce, et composa un numéro.

Hilda me jeta un regard anxieux.

— Il est arrivé quelque chose à Anne ? s'enquit-elle.

— Je ne sais rien de précis. Et ne vous laissez pas emporter par votre imagination. Vous n'auriez pas une photo d'elle, ici ? Une photo aussi récente que possible ?

— J'en ai chez moi, mais j'ignore si père... Je vais voir...

Elle quitta la pièce sans bruit.

Meyer raccrocha lentement le combiné, puis revint vers moi, l'air soucieux.

— Son téléphone ne répond pas. Et Kerrigan, ne sait-il pas où elle est ?

— Il dit que non.
— Vous pensez qu'il ment ?
— Si j'en crois sa femme, peut-être.
— Ne me dites pas qu'elle commence enfin à voir clair...
Il ricana.
— Et moi qui pensais qu'il l'avait fait complètement tourner en bourrique !
C'était un terrain dangereux et je me gardai bien de m'y engager. Au lieu de cela, je demandai :
— Qui est ce Kerrigan, au juste ?
— Un bonhomme pas très catholique, si vous voulez mon avis. Il est arrivé ici à la fin de la guerre. Il a travaillé à la base des fusiliers marins. Chargé des relations publiques ou quelque chose dans le genre. Il était beau gosse alors, et portait un uniforme rutilant. Des tas de femmes le trouvaient merveilleux. Anne n'a pas été la seule...
Il se rendit subitement compte qu'il parlait trop et essaya de se rattraper.
— Regardez plutôt la fille qu'il a épousée, l'enfant unique du juge Craig. Une des meilleures familles de la ville. Et pourtant Kerrigan a réussi à la mettre dans sa poche. Il a commencé par vendre la dot, un magnifique ranch, pour s'occuper d'affaires immobilières. Puis, il a décidé de devenir grossiste en alcool. Finalement, il a commencé à s'intéresser aux motels. Ce n'est pas un homme d'affaires, vous pouvez me croire. Je lui donnais cinq ans pour se ruiner, il y a sept ans de ça. Je me trompais de deux ou trois ans, mais je continue d'affirmer qu'il finira sur la paille.
— Et son crédit ?
— Très mauvais.
— Soixante-dix mille dollars de bourbon, c'est pas mal pour un homme jouissant de peu de crédit.
— C'est la plus grosse affaire que j'aie jamais traitée avec lui. De toute façon, ça ne me regarde pas. Je ne suis qu'un transitaire. On me dit d'assurer le transport d'un chargement et je le fais.

— Vous êtes le seul à travailler pour lui ?

— A ma connaissance, oui.

— Savait-il qui serait chargé du transport de cette cargaison ?

— Probablement. De toute façon, Tony était seul habilité à le faire et c'est en son nom que j'avais versé le cautionnement requis.

Il me jeta un coup d'œil rusé.

— Qu'est-ce que vous avez en tête, mon vieux ? Vous croyez qu'il a volé son propre whisky ?

— Cela s'est déjà vu.

— Si c'était vrai, je crois que je le tuerais de mes propres mains, pour l'étriper et manger son foie à mon petit déjeuner.

— Il est pour l'instant prématuré de composer votre menu. Ce que je veux, ce sont des faits. Et, aussi, les cent dollars que vous m'avez promis.

Il soupira.

— Dommage, dit-il. J'espérais que vous l'aviez oublié.

Il me tourna le dos pour tirer une épaisse liasse de sa poche, en détacha à contrecœur deux billets de cinquante, me les remit avec un nouveau soupir.

— Qu'est-ce que vous voulez savoir ? demanda-t-il.

— Donnez-moi le maximum de renseignements sur votre fille Anne. Vous avez parlé d'ennuis qu'elle a eus. Quel genre d'ennuis ?

— Rien de grave. Les ennuis que rencontre n'importe quelle jeune fille.

Je le sentais tout à coup sur la défensive.

— Anne était toute jeune quand elle a perdu sa mère. Hilda et moi, nous avons fait de notre mieux pour l'élever, mais nous ne pouvions pas la surveiller constamment. Elle avait des amis, et vous connaissez les jeunes gens d'aujourd'hui. Puis, lorsqu'elle a commencé à travailler, elle a pris l'habitude de dépenser plus qu'elle ne gagnait. J'ai dû intervenir deux ou trois fois pour la dépanner.

— Combien de temps a-t-elle travaillé pour Kerrigan ?

— Trois ou quatre ans. Elle a débuté comme secrétaire. Puis il lui a fait suivre des cours de secrétaire de direction. A la fin, elle est plus ou moins devenue directrice du motel. Moi, je voulais qu'elle revienne chez moi, pour tenir ma comptabilité, mais elle a toujours refusé. Elle voulait vivre comme elle l'entendait. Je n'ai pas insisté.

— Qu'est-ce que vous voulez dire par « comme elle l'entendait » ?

— Ne me posez pas de questions auxquelles je ne puis répondre...

Il haussa les épaules.

— Anne m'a quitté à l'âge de quinze ans et, depuis, on ne s'est pour ainsi dire pas vus. Elle ne me rend visite que lorsqu'elle a besoin de quelque chose.

Il prit un tisonnier et se mit à remuer les cendres dans la cheminée.

— A vrai dire, poursuivit-il d'une voix sourde, Anne ne m'a jamais porté beaucoup d'affection. Sa sœur, guère plus. Bien sûr, Hilda vient me voir une fois tous les deux ou trois mois, mais c'est probablement sur les conseils de son mari qui espère hériter de mon entreprise de transport. Le salopard intéressé !

Il se tourna vivement vers moi.

— Il peut toujours courir. Je vivrai centenaire, vous entendez ? Centenaire !

— Félicitations.

— Vous croyez que c'est drôle ?

— Ai-je ri ?

— Riez si ça vous chante. Je descends d'une famille où l'on vit vieux, et c'est moi qui rirai le dernier. Le fossoyeur ne viendra pas de sitôt dans cette maison... Mais revenons à Anne. Pensez-vous qu'elle soit mêlée à cette sordide affaire ?

— Je ne prétends rien de tel, mais ce n'est pas exclu. Après tout, elle travaillait pour Kerrigan et, si mes renseignements sont exacts, elle était assez intime avec Aquista.

— Vos renseignements sont inexacts. Tony était amoureux d'elle, et ça, je le savais. Mais elle, elle ne voulait pas en entendre parler. Elle en avait peur. Une fois, elle est arrivée ici, tard le soir, et elle voulait...

— Elle voulait quoi ? demandai-je, voyant qu'il hésitait.

— Être protégée. Le type ne la lâchait pas d'une semelle, la menaçait même. Je lui ai dit que, si elle voulait, je le renverrais et que je m'arrangerais même pour qu'il ne puisse pas trouver de travail en ville. Mais elle a refusé. Une petite sensible, Anne ! Alors, pour faire quelque chose, je lui ai donné un .38 que j'avais, un ancien modèle de police... Non, rassurez-vous, ce n'est pas elle qui l'a tué. Je crois même qu'elle ne savait pas s'en servir. C'était surtout pour lui faire peur. Tout ça pour vous prouver que Tony n'était rien pour elle.

— Et Kerrigan ?

— Ne me posez pas de questions auxquelles je ne puis répondre, répéta-t-il d'un ton gêné.

— Pourtant, bluffai-je, j'ai entendu dire qu'ils avaient eu une liaison.

— Ma foi...

Il s'humecta les lèvres.

— Moi aussi, j'ai entendu dire des tas de choses. Par exemple que c'est lui qui lui payait son loyer. Mais est-ce vrai ?

— De qui parlez-vous ? demanda Hilda, depuis le seuil de la porte.

Il lui jeta un coup d'œil furieux et baissa la tête.

— D'Anne, répondit-il de mauvaise grâce. D'Anne et de Kerrigan.

— C'est un mensonge ! s'écria-t-elle. C'est un mensonge ! répéta-t-elle dès qu'elle fut près de nous. Et tu devrais avoir honte, père, de colporter ce genre de ragots. D'autant que les habitants de cette maudite ville semblent naturellement calomniateurs.

— J'ai eu honte, en effet, déclara Meyer. Mais pour

elle. Seulement, que pouvais-je faire ? Comment aurais-je pu empêcher ta sœur de mener la vie qu'elle voulait ?

— Tout cela, ce sont des mensonges ! affirma Hilda, s'adressant cette fois à moi. Rien que des ragots ! Anne n'aurait jamais osé s'afficher avec un homme marié...

— Ce n'est pas ce qu'on m'a répété, l'interrompit le vieux.

— Tais-toi ! ordonna-t-elle en se tournant vers lui. Anne est une brave fille malgré tout ce que tu as pu lui faire. Je sais que tu as essayé de la corrompre, de la pourrir...

Il rougit jusqu'à la nuque.

— C'est toi qui vas te taire ! s'écria-t-il.

Avant même qu'il eût esquissé un geste, Hilda avait levé le bras, comme pour se protéger la figure. C'est alors que j'aperçus, entre ses doigts, une épreuve photographique.

Meyer la lui arracha.

— Où as-tu pris ça ? glapit-il.

— Sur la glace de la cheminée, dans ta chambre.

— Je t'ai déjà interdit d'entrer dans ma chambre !

— C'est la dernière fois que j'y vais. Ça sent le bouc, là-dedans !

Il haussa les épaules mais ne releva pas l'insulte. Au lieu de cela, il examina longuement la photo. Je lui demandai de me la faire voir. Il me la remit à contrecœur, comme si c'était une grosse somme d'argent.

La photo représentait une ravissante jeune fille sur un banc de plage. Ses jambes, croisées, étaient fort belles. Elle souriait de toutes ses dents. Il y avait une certaine ressemblance entre elle et sa sœur, mais elle était nettement plus jolie que Hilda. En revanche, elle n'avait rien de commun avec la femme en similivison que j'avais vue avec Kerrigan.

— De quelle couleur sont ses cheveux ? demandai-je à Mrs. Church.

— Châtain tirant sur le roux. Un peu plus clairs que les miens.

— Et quel âge a-t-elle actuellement ?

— Voyons... Elle a sept ans de moins que moi... Vingt-cinq ans.

— Est-ce une photo récente ?

— Relativement récente. Brandon l'a prise l'été dernier à Pismo Beach...

Elle jeta un coup d'œil soupçonneux à son père.

— J'ignorais que tu avais une épreuve.

— Il y a des tas de choses que tu ignores, répliqua-t-il, bourru.

— Je me le demande...

Leurs regards se croisèrent de nouveau, mais ni l'un ni l'autre ne baissa les yeux. Finalement Meyer battit en retraite vers son bureau et commença à bourrer une pipe. Un bruit de moteur parvint à nos oreilles.

Hilda tendit le cou.

— Ce doit être Brandon...

Le bruit s'éloigna.

— Non, je me trompais.

S'adressant à son père, elle demanda :

— Ne m'as-tu pas dit qu'il viendrait me chercher ici ?

— Si cela lui était possible, répondit-il. Mais tu te doutes qu'avec l'affaire Aquista, il doit être drôlement occupé.

— En ce cas, je vais appeler un taxi. Il commence à se faire tard.

— Tu en auras pour deux dollars, fit-il d'un ton de reproche. Je te ramènerais bien moi-même, mais j'attends un coup de fil. Pourquoi ne prendrais-tu pas la vieille Chevvy ? Je ne m'en sers pas.

— Si vous voulez, Mrs. Church, proposai-je, je vous déposerai chez vous.

— Oh, c'est très aimable à vous, mais je n'ose pas...

— Pourquoi pas ? fit vivement Meyer. Mr. Archer te le propose de bon cœur et, comme il allait partir de toute façon...

Elle haussa les épaules. Meyer lui jeta un coup d'œil

ravi. Mon intervention ne lui coûtait plus que quatre-vingt-dix-huit dollars.

— Bonne nuit, père, dit froidement Hilda Church.

— Bonne nuit, Hilda. Et merci d'être venue me voir.

Il ne nous accompagna pas, demeurant dans son coin tel un vieux taureau fatigué.

7

En quittant la maison du vieux Meyer, je tournai à gauche, me dirigeant vers le centre-ville. Hilda laissa échapper un soupir qu'elle semblait retenir depuis longtemps.

— Ça me donne le cafard, déclara-t-elle tout à coup. Je viens le voir avec les meilleures intentions du monde, et, malgré cela, nous trouvons chaque fois moyen de nous quereller. Ce soir, c'est au sujet d'Anne, dans trois mois ce sera pour autre chose.

— Il a un caractère plutôt difficile, n'est-ce pas ?

— Oui, surtout avec ses enfants. Anne, elle, ne s'entend pas du tout avec lui. Non que je l'en blâme, elle a de bonnes raisons pour cela...

Elle s'interrompit subitement et, sans me regarder, changea de sujet :

— Nous habitons à l'autre bout de la ville, Mr. Archer, au pied des collines. Je crains que le trajet ne vous paraisse long.

— Aucune importance. D'ailleurs, j'ai à vous parler, en particulier.

— A propos de ma sœur ?

— Oui. Lui est-il déjà arrivé de disparaître de la sorte, pour une semaine ?

— Une fois ou deux. Mais jamais sans m'en prévenir.

— Vous êtes très amies, vous deux ?

— Depuis toujours. Nous sommes tout le contraire

de certaines sœurs que je connais, et qui passent leur temps à se chamailler. Même si elle est plus jolie que moi...

— Je ne dirais pas ça.

— N'essayez pas d'être galant, Mr. Archer. Je sais ce que je dis. Anne est ce qu'on appelle une belle femme, moi pas. Et puis, elle est tellement plus jeune ! En réalité, étant donné cette différence d'âge, nous n'avons jamais été rivales. Lorsqu'elle était petite, je me sentais bien plus comme une tante que comme une grande sœur. Mère est morte en lui donnant le jour et c'est moi qui ai pour ainsi dire élevé Anne.

— Était-elle difficile à manier ?

— Bien sûr que non ! Surtout, ne vous laissez pas raconter d'histoires par père. Il lui en a toujours voulu, je ne sais trop pourquoi. A cause de mère, peut-être. En tout cas, ne croyez pas un mot de ce qu'il dit lorsqu'il prétend qu'Anne et Mr. Kerrigan... Je vous assure qu'il n'y a rien de vrai dans ces racontars.

— Vous en êtes sûre ?

— Sûre et certaine. Je le saurais, si c'était vrai...

Son ton devenait plus véhément.

— Mais c'est faux ! Anne travaillait pour Mr. Kerrigan, un point c'est tout.

Je freinai, arrêté par un feu rouge, et en profitai pour jeter un coup d'œil autour de moi. Les trottoirs étaient bondés, mais on ne voyait que des hommes. Les rares femmes que j'apercevais étaient toutes escortées.

— C'est tout droit, me dit Hilda. Je vous préviendrai quand il faudra tourner.

Le signal passa au vert et je redémarrai.

— Votre sœur, demandai-je à Hilda Church, possède-t-elle un pied-à-terre en ville ?

— Oui, elle a un appartement, au 3, Bougainvillea Court. Ce n'est pas loin d'ici, dans Los Baños Street.

— Il se peut que j'y fasse un saut plus tard. Vous n'auriez pas une clé, des fois ?

— Non. Pourquoi ?

— Je voudrais jeter un coup d'œil à ses affaires. Ça

pourrait me donner une idée quant à l'endroit où elle a pu se rendre et aux raisons de ce départ inattendu.

— Je vois. Vous n'aurez qu'à demander la clé au gardien du square, il ne vous fera certainement pas de difficultés.

— Certainement...

Elle ne dit plus rien pendant quelque temps, tandis que nous nous enfoncions dans le quartier résidentiel. Tout à coup, elle se tourna vers moi :

— A votre avis, Mr. Archer, où a-t-clle pu aller ?

— C'est justement la question que j'allais vous poser, Mrs. Church. Je n'en ai pas la moindre idée... A moins que vous ne vous trompiez au sujet de la nature de ses relations avec Kerrigan.

— Je ne me trompe pas, répliqua-t-elle sèchement. Pourquoi revenez-vous constamment à cela ?

— Lorsqu'une femme disparaît, il est naturel de songer aux hommes qui l'entouraient. A-t-elle beaucoup de succès auprès du sexe dit fort ?

— Anne est sortie avec des dizaines d'hommes et je ne lui ai jamais posé de questions. Sa vie privée ne me regarde pas.

Le ton était tranchant.

— Vous ne pensez pas, Mrs. Church, qu'elle a pu faire une fugue avec l'un d'eux ?

— J'en doute. Anne n'a qu'une confiance relative dans les hommes. Vous le comprendriez si vous connaissiez mieux père. Je ne pense pas qu'elle songe à se marier, d'autant qu'elle est extrêmement indépendante de caractère.

— Votre père a dit qu'elle avait quitté sa maison à l'âge de quinze ans. Cela veut dire qu'elle a été complètement libre pendant une dizaine d'années.

— Pas exactement. Elle l'a effectivement quitté, lui, lorsqu'elle avait quinze ans, à la suite d'un... d'un malentendu. Brand et moi l'avons recueillie jusqu'à ce qu'elle termine ses études secondaires. Ce n'est que plus tard, après qu'elle eut trouvé un emploi, qu'elle nous a quittés à notre tour. Nous avons bien essayé de la garder mais, comme je vous le disais, elle est de caractère très indépendant.

— Quelle sorte de malentendu y a-t-il eu entre elle et son père ? Vous avez dit qu'il avait tenté de la corrompre, de la pourrir...

— J'ai dit cela ? Cela a dû m'échapper, je n'avais pas l'intention d'en parler devant un étranger... Ne m'en veuillez pas, Mr. Archer... En tout cas, père lui a fait une chose terrible...

Je sentais que les paroles sortaient difficilement de sa gorge.

— La plupart des hommes de cette ville sont des barbares, dans leurs relations avec les femmes. Las Cruces n'est pas exactement l'endroit rêvé pour une jeune fille. C'est une cité corrompue, vicieuse...

— Vous n'exagérez pas ?

— Non ! s'écria-t-elle avec force. En réalité, c'est pire encore. Je hais cette ville ! Je voudrais qu'un séisme la rase de fond en comble, avec tous ses habitants, comme Sodome et Gomorrhe !

— Et tout cela parce que votre sœur a eu un... malentendu avec votre père ?

— Je ne faisais pas allusion à cela.

Je lui jetai un coup d'œil. Elle se tenait raide sur son siège et une lueur de haine brûlait dans ses yeux. Tout à coup, elle me toucha le bras.

— Tournez à droite... Je m'excuse, Mr. Archer, pour la scène de tout à l'heure, mais c'est toujours comme ça, après deux heures passées avec père...

La rue montait en lacet entre deux rangées de bungalows, la plupart d'entre eux de construction récente, de conception très moderne — ciment, verre, métal.

— C'est là, dit-elle avec un geste de la tête.

Je stoppai. La maison des Church ressemblait à celles qui l'entouraient à ceci près qu'aucune lumière ne brillait aux fenêtres. Au lieu de descendre, Hilda demeura immobile, tête baissée, comme ruminant de sombres idées.

— C'est là que vous vivez ? m'enquis-je.

— Oui. C'est là que je *vis*...

Elle l'avait dit avec une ironie tragique.

— Vous allez me croire folle mais... mais j'ai peur d'entrer.

— Peur ? De quoi ?

— Je voudrais bien le savoir. De quoi les gens ont-ils peur ? Les uns de la mort, les autres de l'obscurité. Moi, j'appartiens à cette dernière catégorie. Je crois qu'on appelle ça nyctaphobie en termes médicaux, mais de le savoir ne me fait pas passer ma crainte.

— Voulez-vous que j'entre avec vous ?

— Oh oui, cela me rassurerait.

Je lui offris mon bras tandis que nous montions l'allée en gradins. Elle s'appuyait à moi maladroitement, comme si c'était la première fois que pareille chose lui arrivait. Parvenue au perron, elle se tourna brusquement vers moi.

— Ne me quittez pas, je vous en supplie !

— Je regrette, Mrs. Church...

— Je vous en *supplie*... J'ai peur, j'ai terriblement peur. Sentez comme mon cœur bat.

Elle me saisit la main et la porta à sa poitrine. Puis elle se pressa contre moi. Lorsqu'elle parla de nouveau, sa voix n'était qu'un murmure.

— Vous voyez ? J'ai peur. J'ai passé toute seule tant de longues nuits...

Je l'embrassai doucement sur les lèvres, puis me dégageai de son étreinte.

— Si vous avez peur de l'obscurité, vous n'avez qu'à allumer toutes les lampes...

Et je me mis à la recherche du commutateur de la véranda.

— Non ! s'écria-t-elle en m'agrippant par le bras. Je ne veux pas que vous voyiez mon visage. Je pleure, et cela n'a jamais embelli une femme.

— Vous vous faites des idées, Mrs. Church. Vous êtes très belle...

— Non ! Anne l'est bien plus que moi.

— Je ne puis comparer, puisque je ne la connais pas. Bonsoir, Mrs. Church.

Elle attendit une vingtaine de secondes avant de répondre :

— Bonsoir... Je ne sais ce qui m'a pris. J'ai dû perdre la tête. C'est le métier de Brandon qui me démoralise. Souvent, il rentre très tard, et moi je l'attends, les sens tendus... Ne vous en faites pas pour moi, Mr. Archer, ce soir ça ira mieux. Je le sens. Et merci de m'avoir accompagnée.

— Vous n'avez pas à me remercier. Je...

— Si vous retrouvez Anne, vous me préviendrez sans tarder, n'est-ce pas ?

Je le lui promis et la quittai.

8

Telles des sentinelles, deux dattiers se dressaient à l'entrée de Bougainvillea Court, petit square donnant sur une des rues les moins animées du quartier résidentiel. Au moment où je descendais de voiture, un rat surgit des racines de l'un d'eux et fila comme s'il avait peur que je lui donne la chasse. Une fontaine surmontée d'un chérubin se dressait au milieu du square, asséchée, semblait-il, depuis des années. Des huit cottages qui m'entouraient, un seul était sombre. Je m'en approchai. Je ne me trompais pas, il portait bien le numéro 3.

La porte s'ouvrit sous une simple poussée. J'allumai ma torche électrique et regardai à mes pieds. Des copeaux de bois. Pardi, quelqu'un s'était amusé à travailler la serrure, laquelle portait également les marques visibles du mystérieux visiteur. J'entrai et repoussai le battant avec mon coude. Je m'attendais à sentir une odeur de corps en décomposition, mais cela ne sentait que le renfermé. Je promenai le rayon de ma torche sur les murs. Des reproductions de Gauguin et de Toulouse-Lautrec dans des cadres en bois des îles. Une fausse cheminée, une petite bibliothèque, un secrétaire en érable, un petit bar, un divan avec une couverture zébrée. Tout cet ameublement, d'excellente qualité, paraissait avoir été acheté la veille.

J'examinai le dessus du secrétaire, puis ouvris les tiroirs. Dans l'un d'eux, je découvris des lettres et du papier, ainsi que quelques enveloppes. Celle du dessus portait simplement les mots : *Miss Anne Meyer.* Une écriture d'homme. Vide.

Une arcade masquée par un rideau menait à la chambre à coucher et à la salle de bains. La chambre à coucher était celle d'une femme coquette. Dans un placard, je trouvai des robes, des tas de robes, ainsi que des tailleurs, des vêtements de soirée, des chaussures. Impossible de dire s'il en manquait, des robes, mais au moins une paire de chaussures brillait par son absence. Le lit avait été fait sans soin, à la hâte. Sur la table de nuit, j'aperçus une petite montre-bracelet sertie de diamants.

Je ne découvris rien sous le lit. En revanche, en fouillant dans la commode, je trouvai une collection de lingerie de soie comme il ne m'arrivait pas souvent d'en voir.

Je pénétrai dans la salle de bains, baissai le store vénitien puis tournai le commutateur. Du désordre, mais point trop. J'allai à la pharmacie fixée au mur et l'ouvris. Rien de sensationnel, l'assortiment habituel de cachets et pilules qu'on trouve chez n'importe quelle femme américaine. Dans une boîte en carton, je découvris des comprimés « à prendre lorsqu'on est fatigué ».

La glace au-dessus du lavabo refléta mes traits. Je me trouvai mauvaise mine. Dans le cottage voisin, la radio jouait en sourdine. Subitement, on monta le volume et je reconnus l'air : *Chérie, quand vas-tu rentrer chez toi ?*

J'examinai la tablette de verre au-dessus du lavabo. Ni brosse à dents, ni pâte dentifrice. Je revins dans le living-room et me remis à fouiller dans le secrétaire, examinant cette fois en détail le contenu de chaque tiroir. Des tas de lettres sans intérêt, un chéquier indiquant sur le talon qu'Anne avait encore près de deux mille dollars à son compte. Le dernier chèque avait été établi au bénéfice d'une certaine Miss Finery et portait la date du 7 octobre. Cela remontait donc à huit jours.

C'est en fouillant tout au fond d'un tiroir que je dénichai une lettre fripée qui portait le tampon de San

Diego. Elle avait été postée en octobre de l'année précédente. Je la dépliai sans la moindre gêne. Elle était signée *Tony*.

Je m'enfermai dans la salle de bains pour la lire à mon aise.

Ma chère Anne,

Tu seras sûrement surprise d'avoir de mes nouvelles. Moi aussi, je suis étonné d'avoir envie de t'écrire. Après ce que tu m'as dit la dernière fois, je pensais que tout était fini entre nous. Malgré cela, tu me manques beaucoup. Je suis ici pour vingt-quatre heures car le cargo que j'attends a un retard dû à la tempête. Il n'arrivera pas avant demain. Je vais donc passer la nuit dans cette ville. Et, ce soir, enfermé dans ma chambre, je pense à toi. Je voudrais bien te voir sourire.

Tu te diras : il est sûrement cinglé, ce mec-là, et, pourtant, ce n'est pas vrai. Je ne suis même pas ivre. Je me suis promené tout à l'heure en ville. C'était plein de femmes et certaines m'ont fait de l'œil, mais je n'en avais pas envie. Toi seule tu m'intéresses depuis que je te connais. Je t'épouserais volontiers, si tu disais oui. Je sais que je suis fauché et que je ne peux pas rivaliser avec certains gars qui s'occupent de contrebande d'alcool, mais je préfère rester honnête. Et toi, mon Anne, tu devrais te méfier de ces types, surtout de qui tu sais. C'est pas un homme à qui on puisse faire confiance. D'ailleurs, il sera, lui aussi, fauché dans peu de temps, car l'argent de sa femme ne durera pas toujours.

Je sais ce que tu penses de moi. Je ne suis qu'un Latino indigne de toi, mais ce n'est pas vrai, Anne. Mes parents étaient des Espagnols, et je n'ai pas une goutte de sang mexicain dans les veines. Je vaux n'importe quel homme et je suis même plus blanc que « lui ». Et puis tu sais, Anne, que je ferais n'importe quoi pour toi.

Ce n'est pas une menace, ma chère Anne. Je ne t'ai jamais menacée, et je ne te menacerai jamais. Tu m'as mal compris, l'autre jour, quand tu pensais que j'étais jaloux. Ce n'était pas de la jalousie. Simplement, je me faisais du mauvais sang pour toi. Je suis resté toute la nuit devant tes fenêtres pendant qu'« il » était avec toi. Je voulais te protéger. Ce n'est pas la première fois que je passais ainsi ma nuit devant ta maison, mais je ne voulais pas te le dire, pour ne pas t'inquiéter. Je ne songeais qu'à une chose, te protéger si quelqu'un avait voulu te faire du mal.

Je t'aime, Anne. Quand je regarde par la fenêtre et que je vois les étoiles, je pense à toi. Tu es pour moi la plus belle étoile qui existe.

Ton grand ami,
Tony.

P.S. — Il y a plein de filles à San Diego et certaines sont bien jolies. Si le cargo n'arrive pas demain, et si je dois passer une autre nuit dans cette sacrée ville, je ne sais pas si je pourrai résister. Mais je suppose que ça t'est complètement égal, hein ?

Je relus la missive deux fois. L'écriture était celle d'un primaire. J'allais remettre la lettre dans le secrétaire quand quelque chose m'avertit que je n'étais pas seul dans le cottage. J'avais l'impression que quelqu'un se déplaçait dans le living-room. J'éteignis la lumière dans la salle de bains et, sur la pointe des pieds, me dirigeai vers l'endroit où il m'avait semblé entendre bouger. Au moment où j'allais atteindre l'arcade, les lampes du living-room s'allumèrent, puis je vis un .45 à un mètre de mon nombril. Il paraissait petit dans la main qui le tenait.

— Ne bouge pas, mon vieux, déclara une voix menaçante.

Je m'immobilisai. L'intrus était toujours masqué par le rideau.

— Les pattes en l'air ! ordonna-t-il. Et si tu fais un mouvement, je t'envoie la purée.

J'obéis.

Le rideau se souleva et j'aperçus une silhouette.

L'homme était coiffé d'un Stetson. Le shérif Church. Nous nous reconnûmes en même temps.

— Vous ? fit-il en s'approchant de moi et en me tenant toujours en respect. Qu'est-ce que vous fabriquez ici ?

— Mon devoir, répliquai-je brièvement.

— C'est-à-dire ?

— Meyer m'a engagé pour retrouver son camion.

— Et vous avez pensé qu'il était caché ici, dans la salle de bains de Miss Meyer ? fit-il avec une lourde ironie.

— Il m'a également chargé de retrouver sa fille.

Il m'enfonça son .45 dans le ventre.

— Où est-elle, Archer ? demanda-t-il d'un ton menaçant.

Il n'avait nulle envie de rire et je devinais qu'au moindre geste de ma part il appuierait sur la détente.

— Comment le saurais-je ? répondis-je d'une voix de fausset. Vous feriez mieux de poser cette question à Kerrigan.

— Qu'est-ce que vous voulez dire ?

— Si vous rangez sagement votre artillerie, je vous expliquerai tout. Je me sens diminué lorsqu'on me tient sous la menace d'un .45.

Il baissa son bras et examina son arme comme s'il la voyait pour la première fois. Mais il ne la rangea pas dans son étui.

— Alors, à propos de Kerrigan ?

— Vous ne trouvez pas qu'il est drôlement mêlé à toute cette affaire ? Son motel est l'endroit le plus proche de celui où j'ai retrouvé Aquista. C'est son whisky qui se trouvait à bord du camion disparu. C'était lui l'employeur de votre belle-sœur, également disparue. Et, quand je dis employeur, je pense aussi à autre chose. Beaucoup de coïncidences pour un seul homme, vous ne trouvez pas ?

De sa main gauche, Church repoussa son Stetson en arrière et se gratta la tempe. Je vis sous ses cheveux une cicatrice pareille à celle qu'aurait produite une balle.

— J'ai déjà interrogé Kerrigan, dit-il tout à coup d'une voix étrangement neutre. Il a un alibi pour le moment du crime.

— Sa femme ?

— Ouais. Et Kate, je crois à ce qu'elle dit. Ça fait des années qu'on se connaît. Elle est la fille du juge. Elle ne mentirait pas, j'en suis sûr.

— Même pas pour sauver son mari ?

— Hum... Peut-être. Mais pas dans cette affaire. D'ailleurs, Kerrigan n'a pas besoin d'alibi. C'est un commerçant respectable.

— Jusqu'à quel point ?

— Je ne parle pas de sa vie privée. Ce que je veux dire c'est qu'un gars comme Kerrigan ne s'amuserait pas à descendre un camionneur mexicain, car il aurait trop à perdre.

— Même si soixante-dix sacs étaient en jeu ? Incidemment, ça fait beaucoup de whisky pour un seul homme. Qu'est-ce qu'il en fait, d'après vous ? Il s'y baigne ?

— Il le vend.

— Dans son motel ?

— Pas seulement. Il possède un bar à l'autre bout de la ville. *La Pantoufle de Vair.*

— Ce n'est pas dans Yanonali Street, des fois ?

— Je vois que vous êtes bien renseigné.

— J'ai encore des tas de choses à apprendre. Il a sûrement des appuis politiques.

— Possible. Par sa femme, peut-être.

— C'est pour cela que vous affirmez qu'il est au-dessus de tout soupçon ?

Son visage se crispa.

— Il vous arrive souvent de parler sans réfléchir ? demanda-t-il d'une voix agressive.

— Il faut bien que je pose des questions, si je veux gagner ma vie.

— Il est des gens à qui on ne pose pas certaines questions.

— Je sais, mais on peut toujours essayer.

— Vous savez, déclara-t-il tout à coup, que je pourrais vous boucler pour avoir pénétré par effraction dans une demeure privée ?

— Si je l'avais fait, je n'aurais pas laissé de traces. Quelqu'un avait déjà fracturé la serrure quand je suis arrivé ici.

— Vous en êtes sûr ?

— Et comment ! Mais ce n'est pas un cambrioleur, rassurez-vous. Si cela en avait été un, il aurait sûrement emporté la montre que j'ai trouvée sur la table de nuit, dans la chambre à coucher. Et il n'aurait pas touché aux autres objets.

— C'est-à-dire ?

— La brosse à dents, par exemple. A mon avis, Anne Meyer est partie pour le week-end, mais elle n'est pas rentrée, comme elle le projetait. Et, pendant son absence, un inconnu a pénétré ici pour faire main basse sur un certain nombre d'objets tels que lettres, carnet d'adresses, etc.

— Vous n'aviez pas le droit d'entrer ici, même sans effraction. Vous avez violé la loi.

— Votre femme m'a donné l'autorisation de procéder à une petite fouille.

— Qu'est-ce qu'elle vient faire dans cette histoire ?

— Elle s'intéresse à la disparition de sa sœur.

— Où l'avez-vous vue ?

— C'est moi qui l'ai ramenée de chez Meyer, il y a une heure.

— Laissez ma femme tranquille ! s'écria-t-il. Et ne mettez plus les pieds chez moi, vous entendez ?

— C'est plutôt à votre femme qu'il faudrait dire de me laisser tranquille.

Je n'aurais pas dû aller aussi loin. Une lueur de colère brilla dans son regard et, avant que j'eusse eu le temps de réagir, il avait projeté en avant sa main tenant l'automatique. Le canon me frappa au menton et j'allai m'effondrer contre un mur. Je me relevai lentement en me frottant la mâchoire.

— Vous le regretterez, shérif, dis-je sans hausser la voix.

— Fichez-moi le camp d'ici avant que je fasse quelque chose que je regretterais pour de bon ! hurla-t-il.

Tout en criant, il serrait fort la crosse de son .45.

Je ne répondis pas et me dirigeai vers la porte, jambes flageolantes. Je me gardai bien de me retourner. Dans l'état où il était, il aurait été capable de m'expédier une balle ou deux dans les fesses.

9

Yanonali Street se trouvait au nord de la ville. C'était une espèce de boulevard extérieur, en forme d'arc de cercle, de création assez récente à en juger d'après les bâtiments qui la bordaient. A l'une de ses extrémités, elle rejoignait la Grand-Rue à l'endroit où celle-ci se transformait en route nationale. *La Pantoufle de Vair* était une bâtisse sans étage, éclairée au néon et surmontée d'une enseigne proclamant : *Ici spécialité de champagne*. J'entrai.

Deux ou trois entraîneuses, perchées sur des tabourets le long du bar, me jetèrent des coups d'œil remplis d'espoir. Je ne fis rien pour les encourager. Dans un des boxes, j'aperçus quatre jeunes gens, en chemise hawaïenne, en train de boire mélancoliquement de la bière. A part eux et moi, il n'y avait pour l'instant aucun autre client. L'homme qui faisait fonction de barman avait l'air de s'ennuyer passablement. Je commandai un demi et en profitai pour demander à l'homme :

— Et les affaires, ça va ?

Il émit une espèce de grognement méprisant.

— Même si j'avais cinq fois plus de clients, je dirais qu'elles sont infectes.

Il décapsula la bouteille de bière, la posa devant moi, s'essuya les mains sur une veste qui avait dû un jour être blanche.

— Vous êtes de passage ? s'enquit-il.

Je dis oui.

Il poussa un soupir.

— Ça, au moins, c'est la vie, fit-il. Je plaquerais volontiers moi-même cette sale boîte, mais j'ai une femme et des gosses... Si encore c'était une accalmie, mais ça fait un an que ça dure. Depuis le tremblement de terre, très exactement.

— Vous avez eu un tremblement de terre, par ici ?

Je goûtai la bière. Pas mauvaise.

— Un drôle de séisme, mon vieux, vous pouvez me croire. La moitié de la ville a dû être reconstruite. Heureusement qu'il n'y a eu que peu de victimes. Mais, depuis, les gens sont devenus prudents. Le clergé a claironné, pendant des mois, que c'était un châtiment du ciel, parce que les habitants étaient des pécheurs. Alors, maintenant, personne n'ose aller au bistrot. Je me demande si je ne suis pas tombé sur la tête, d'avoir acheté cette baraque.

— Ah, elle vous appartient ?

Il ne répondit pas. Il contemplait d'un œil furieux les quatre adolescents en chemise hawaïenne. L'un d'eux s'était levé pour mettre en marche le juxe-box. Un air de be-bop emplit la salle.

— Voilà tout ce que j'ai comme clients ! se plaignit le mastroquet. Des gosses, qui, pour écouter du jazz pendant trois heures, vous commandent généreusement une canette de bière. Pfoui ! Je me demande même pourquoi je paie mes entraîneuses.

— A propos de filles, demandai-je, est-ce que Jo vient ce soir ?

Il me jeta un regard méfiant.

— C'est Jo que vous cherchez, mon vieux ? Vous n'avez pas de veine. Elle ne viendra pas.

— Elle ne travaille pas aujourd'hui ?

— Ni aujourd'hui, ni demain. Elle a plaqué la boîte. Ça m'a évité une scène pénible, car j'allais la renvoyer, de toute façon.

— Je pensais que c'était Don Kerrigan, le patron.

— Il l'a été. Plus maintenant. Je lui ai racheté *La*

Pantoufle ce matin. Je devrais aller voir un psychiatre. Vous êtes un pote à Kerrigan ?

— Je l'ai vu une fois ou deux.

— Un ami à Jo, peut-être ?

— J'avais quelques espoirs.

— Vous perdez votre temps, mon vieux. Même si elle venait ce soir, vous n'auriez pas une chance. Elle a tout ce qu'il faut.

— Quelqu'un en particulier ?

J'eus droit à un autre coup d'œil méfiant.

— Moi, dit-il, je suis un homme marié avec quatre gosses. C'est sûrement pas à moi qu'elle ferait des confidences.

— Est-ce que vous connaissez Tony Aquista ? demandai-je.

Il s'humecta les lèvres.

— Ouais. Il lui arrive de passer ici, de temps à autre, pour boire un verre.

— Il ne viendra plus. Il est mort.

Sa surprise n'était pas feinte.

— Qu'est-ce qui lui est arrivé ?

— On l'a tué d'une balle, sur la route. Il conduisait un camion chargé de whisky. Le camion a disparu. Et le whisky appartenait à Kerrigan.

— Importante, la cargaison ?

— Je vous crois. Soixante-dix sacs.

— Vous êtes cinglé, mon vieux ! Qu'est-ce qu'il aurait fait avec soixante-dix mille dollars de whisky ?

— Demandez-le-lui. Je ne fais que répéter ce que j'ai appris. Mais vous, vous n'étiez pas au courant ? Il a dû vous en parler, Kerrigan.

— Peut-être bien que oui, fit-il lentement. Mais je ne me souviens plus très bien, j'ai pas beaucoup de mémoire...

Il se pencha au-dessus du comptoir et me fixa d'un œil inquiet.

— Qui êtes-vous au juste, monsieur. Un flic ?

— Simplement un privé. Et j'enquête sur l'affaire parce que la maison Meyer m'a engagé pour ça.

— Vous ne pensez sûrement pas que Jo est pour quelque chose dans cette histoire ?

— C'est justement la question que j'aimerais bien lui poser. Elle connaissait Aquista, n'est-ce pas ?

— Peut-être bien... Moi, je ne suis au courant de rien.

— Vous savez très bien qu'elle le connaissait !

Il se redressa et prit un air de dignité outragée.

— Moi, déclara-t-il d'un ton solennel, je ne sais rien. Je ne voudrais pas lui causer d'ennuis, à Jo. C'est une brave fille. Elle n'avait pas beaucoup de voix, c'est vrai, mais c'est pas une raison pour la mettre dans le pétrin.

— Où est-ce que j'aurais des chances de la trouver ?

— Je vous ai déjà dit qu'elle ne me faisait pas de confidences. Et puis, vous en posez, des questions, pour trente *cents* de bière.

— Donnez-moi une autre canette.

— Ça ne m'intéresse pas. Retournez chez le vieux Meyer et dites-lui d'aller se faire fiche. Et il y en a autant pour votre service.

Je le remerciai de son hospitalité et me glissai à bas de mon tabouret. Le juke-box déversait maintenant un slow. Deux des entraîneuses, une blonde et une brune, dansaient ensemble. La troisième, la tête entre les mains, demeurait assise devant le comptoir.

Je m'approchai des danseuses et touchai la blonde à l'épaule. Elle se retourna et, après m'avoir examiné des pieds à la tête, sourit. Sa compagne alla reprendre sa place au bar.

Nous dansâmes deux ou trois minutes, le temps que le disque s'achève. Tout en se frottant contre moi, elle me dit :

— Je m'appelle Jerry Mae et j'adore danser.

— Moi aussi, j'aimais danser dans le temps.

— Fatigué, mon vieux ? En ce cas, tu pourrais t'asseoir et me payer un verre.

— Je préférerais m'allonger.

Elle émit un rire mécanique.

— On peut dire que tu vas droit au but. Je ne sais même pas comment tu t'appelles.
— Lew.
— Et d'où viens-tu, Lew ?
— De Los Angeles.
— J'y ai passé quelques semaines. Chouette ville, L.A.
— Ouais...
Ses doigts tâtaient le revers de mon veston, comme pour deviner le prix du tissu.
— Et qu'est-ce que tu fais à L.A., Lew ?
— Diverses choses.
— Tu devrais me raconter tout ça. Viens, on va s'asseoir place dans un box, tu me payeras un verre et on parlera de toi.
— Il n'y a pas d'endroit plus tranquille que la grande salle ?
Elle m'envoya son coude dans l'estomac.
— Décidément, dit-elle, tu es pressé. Si tu aimes la solitude à deux, il y a une chambre au premier.
— Montre-moi un peu ça.
Et je la suivis. Le proprio me jeta un regard hostile au passage mais ne fit rien pour m'en empêcher. Les affaires sont les affaires.
Au bout de l'escalier de bois, il y avait un petit couloir étroit sur lequel donnaient trois portes. Jerry Mae s'arrêta devant l'une d'elles et tourna le bouton. L'intérieur dégageait une atmosphère à faire pleurer les plus optimistes. Un lit, une petite commode encombrée d'objets de toilette, un lavabo au-dessus duquel trônait sur une étagère un poste de radio en matière plastique.
— Tu aimes la musique, Lew ?
— Je peux m'en passer.
Il n'y avait pas de chaise dans la chambre et je m'assis sur le lit.
Elle demeura quelques instants debout, me contemplant d'un regard perplexe. Ses yeux étaient ceux d'une petite fille ayant beaucoup vu mais peu compris. A la fin, elle avala sa salive et vint s'asseoir sur mes genoux.

Sa jupe remonta très haut, découvrant des cuisses blanches où l'on voyait des traces de piqûres.

— Je ne te plais pas, chéri ? demanda-t-elle d'une voix faussement câline.

— Si.

— Et à quelle sauce veux-tu me manger, chéri ?

— Je n'ai pas faim, merci, répondis-je en la prenant par la taille et en l'asseyant sur le lit à côté de moi.

— Tu as peur d'attraper quelque chose ? Mais je suis saine, je t'assure...

— Je n'ai peur de rien.

— J'ai passé hier l'examen hebdomadaire...

— Je n'en doute pas.

— Mais alors, bon Dieu, qu'est-ce que tu veux ? s'écria-t-elle d'un ton impatienté. Si c'était pour me parler, on aurait aussi bien pu rester en bas. Maintenant, il faudra que tu payes la chambre.

— Combien ?

— Cinq dollars. Et il y en a dix autres pour moi. Moi, je compte le tarif, que ce soit pour parler ou pour autre chose. Alors, de quoi on parle ? Tu veux savoir comment j'ai commencé à faire ça ? Ou bien comment je fais l'amour avec ceux qui montent ici ?

— Moi, je ne m'intéresse qu'à un gars en particulier. Un certain Tony Aquista. Tu le connais ?

— Sûr, mais il n'est jamais monté avec moi. D'ailleurs, j'aime autant ça. Il me fait peur. Il m'a l'air plutôt cinglé.

— C'est aussi l'opinion de Jo ?

Ses traits se durcirent sous le maquillage.

— On ne se fait pas de confidences, Jo et moi.

— Elle ne sortait pas avec lui ?

— Peut-être qu'elle l'a emmené, une fois ou deux, chez elle, mais il n'y avait rien de sérieux entre eux.

— Ils sont sortis récemment, Jo et Tony ?

— Ouais. Durant la dernière quinzaine. C'est le patron qui l'a amené un soir...

— Tu veux dire Kerrigan ?

— Ouais. Il a dû dire à Jo d'être gentille avec lui,

sinon je ne vois pas pourquoi elle aurait fait des grâces à ce Latino. C'est même pas un Blanc, ce mec-là, et quand il vous regarde dans les yeux, on a tout de suite l'impression qu'il va vous sauter dessus. T'aurais dû le voir l'autre soir. Il était paf au point de ne pas voir devant lui.

— Quand est-ce que ça se passait ?

Elle se concentra, réfléchit.

— Il y a trois ou quatre jours, je crois. C'est ça. Dimanche soir.

— Et Jo était là ?

— Naturellement. Ils sont partis ensemble. Ou, plutôt, c'est elle qui l'a ramené chez elle, car le type, il pouvait à peine tenir sur ses guibolles.

— Comment est-elle, Jo ?

— Quoi ? Tu ne la connais pas ?

— Pas encore.

— Tu t'intéresses drôlement à une fille que tu n'as jamais vue.

— J'ai mes raisons.

— Lesquelles ?

— Ça me regarde. Décris-la-moi.

— Eh bien, c'est une petite brune, dans mon genre. Moi aussi, j'ai été brune dans le temps, mais ça m'ennuyait et, un beau jour, je me suis fait teindre.

— C'est de Jo que nous parlons, pas de toi, lui rappelai-je. Je voudrais un signalement complet.

— Pour quoi faire ? Je croyais que c'est avec *moi* que tu voulais parler. Incidemment, il ne nous reste plus beaucoup de temps, et tu me dois quinze dollars.

— Le patron vous surveille de près, toi et les copines ?

— Rocco ? Il ne lâche jamais son chronomètre.

Je pris un billet de vingt dollars dans ma poche et le lui donnai. Il disparut immédiatement dans le bas de Jerry Mae. Le supplément inattendu dut lui faire plaisir, car elle se leva et dit :

— Attends, mon chou. Si tu veux voir la tête de Jo Summer, je peux t'offrir mieux qu'un signalement.

Elle se dirigea vers la porte.

— N'oublie pas de revenir, Jerry Mae.
— Ne crains rien.
Elle ne fut pas absente plus de trente secondes. Quand elle fut de retour, elle tenait dans la main une carte postale.
— Voilà une photo de Jo, tirée aux frais de la maison, déclara-t-elle. C'est pas pour moi qu'on ferait une pareille chose.
Elle me tendit le cliché.
La photo représentait, très déshabillée, la jeune femme que j'avais vue avec Kerrigan. Son décolleté atteignait presque le nombril. Au verso de la carte, je lus : « *La Pantoufle de Vair* présente Jo Summer. Écoutez-la chanter, voyez-la danser. Trois fois par soirée. Pas de supplément sur les consommations. »
— C'est la petite amie de Kerrigan ? demandai-je à Jerry Mae.
Elle se rassit sur le lit.
— C'est le secret de Polichinelle, déclara-t-elle. Sans cela, crois-tu qu'il l'aurait fait travailler ici ?
— Quel genre de fille est-ce ?
— Est-ce que je sais, moi ? Pas une enfant de chœur, ça je peux te le dire. Pour le reste...
— A-t-elle beaucoup d'amis ?
— Je ne lui en connais pas, en dehors de Mr. Kerrigan. D'ailleurs, une fille n'a pas besoin de plusieurs amis.
— Je me suis mal exprimé, Jerry Mae. Je voulais dire, qui a-t-elle l'habitude de fréquenter ?
— Ah, c'est autre chose, ça... Voyons... Elle a un grand-père ou, du moins, un type qui se fait passer pour son grand-père. Il est venu ici un soir, le mois dernier, peu après qu'elle a commencé à se produire. Il lui a fait toute une scène, car il voulait l'emmener avec lui.
— Tu ne sais pas où il vit, ce grand-père ?
— Pas à Las Cruces, en tout cas. Je crois bien qu'il vient de la montagne. On a parlé de lui, Jo et moi. Je lui ai conseillé de suivre le conseil du vieux et de filer pendant qu'il en était encore temps. Je lui ai dit que, si

elle continuait à chanter à *La Pantoufle*, un jour elle finirait comme moi.

Elle me jeta un coup d'œil rempli de fierté.

— Et toi, lui demandai-je, qu'est-ce que tu attends pour mettre les voiles ?

— Moi, c'est trop tard, déclara-t-elle tristement. J'aime mieux ne pas parler de ça... Pour en revenir à Jo, elle n'a pas voulu m'écouter... Tant pis pour elle ! Elle apprendra assez tôt à ses dépens ce qu'une fille gagne à vouloir vivre selon sa fantaisie... Je paric qu'elle a des ennuis, hein ?

— Possible.

— Tu n'es pas flic, des fois ?

— Simplement un privé.

— Et c'est Mrs. Kerrigan qui t'a engagé ?

— C'est un peu plus sérieux que ça, je le crains.

Elle se mordit la lèvre.

— J'espère, dit-elle, que je n'ai pas trop parlé. Ça m'ennuierait de lui causer des embêtements. C'est la seule, ici, qui m'ait bien traitée. Oh, n'exagérons pas, on n'est pas copines. Elle, c'est une *artiste*... — Elle appuya sur le mot — ... tandis que moi... N'empêche, elle s'est toujours montrée polie avec moi. Pas comme les autres... Dis, Lew, elle a de *sérieux* ennuis ?

— Ça, déclarai-je, je n'en sais rien. Il faudrait que je la voie et que je lui parle. Voyons, elle habite dans cette même rue, n'est-ce pas ?

— Oui. Appartements Cortes. A supposer qu'elle n'ait pas déménagé.

Je la remerciai et me dirigeai vers la porte. Au moment de franchir le seuil, je me retournai. Elle m'adressa un sourire coquin.

— Si jamais tu repasses par ici, dit-elle, viens me voir, ça me fera plaisir. C'est la première fois que je gagne quinze dollars si facilement...

10

Au moment de mettre le moteur en marche, je me remémorai la conversation que j'avais surprise entre Jo et Kerrigan. Elle lui avait parlé de *reefers*. Voilà une occasion d'entrer en contact avec elle, car j'avais, dans le coffre de ma voiture, un stock de cigarettes de marihuana, saisies par les autorités sud-californiennes et que je transportais avec moi comme pièce à conviction. Le destinataire, c'est-à-dire le D.A. de Sacramento, ne s'apercevrait sûrement pas qu'il en manquait un paquet de cinq.

Je m'arrêtai devant la maison où j'avais vu entrer Jo, descendis, ouvris le coffre, y pris ce dont j'avais besoin, puis pénétrai dans le hall. La porte intérieure, donnant sur l'escalier, était fermée et il fallait sonner à un des dix-huit boutons installés sur trois rangs à côté du commutateur. Des dix-huit cartes qui les surmontaient, une seule était imprimée. J'étudiai les noms : quinze femmes et trois hommes. J'étais nettement minoritaire. Les mots *Jo Summer,* écrits à l'encre verte, s'étalaient sur la carte fixée au-dessus du bouton n° 7.

Je sonnai.

Une seconde plus tard, une voix étouffée me parvint par le tube acoustique :

— C'est toi, mon chou ?

Je fis « Oui » d'un ton aussi enroué que possible et attendis.

La porte de l'escalier s'ouvrit avec un bourdonnement sec et je m'engageai sur des marches recouvertes de mousse de caoutchouc. Sur le palier du premier, quelqu'un avait écrit sur le mur, avec du rouge à lèvres : *Charlotte t'attend au Floraine*. Le sept se trouvait au même étage, dernière porte au fond du couloir. Je frappai, et le battant s'entrouvrit, démasquant un rectangle de lumière mauve. Je m'engageai de côté, à la façon d'un crabe. Avant que la moitié de mon corps eût passé, Jo, vêtue d'un fin peignoir, s'était collée contre moi.

— Je n'attendais pas ta visite si tôt, dit-elle. J'allais prendre un bain... Alors, tu ne m'embrasses pas, Donny ?

Tout en parlant, elle battait des paupières et je devinai que seule la coquetterie l'empêchait de porter des lunettes. Elle se pressa contre moi, je sentis le bout de ses doigts sur ma joue, puis sa bouche se posa sur la mienne. Je ne lui rendis pas son baiser. Tout à coup, elle poussa un petit cri et recula à l'intérieur de la pièce. Le peignoir s'entrouvrit, découvrant un corps rose et harmonieux.

— Qui êtes-vous ? fit-elle d'une voix effrayée. Je croyais que c'était Donny.

— Vous m'avez mal compris, Jo. C'est Kerrigan qui m'envoie.

— Il ne m'a jamais parlé de vous...

Elle se rendit compte, subitement, qu'elle m'offrait un spectacle de nu gratuit et se hâta de refermer les pans du peignoir.

— Où est-il ? demanda-t-elle. Pourquoi n'est-il pas venu lui-même ?

— Parce qu'il n'a pas pu se rendre libre, Jo.

— C'est *elle* qui l'a empêché de sortir ?

— Je ne sais pas. Dites, et si vous me laissiez entrer ? Il m'a chargé de vous remettre quelque chose.

— Quoi ?

— Je vous le dirai une fois à l'intérieur. Vous avez des voisins.

— Vraiment ? Je ne me m'en suis jamais aperçue.

Mais elle ouvrit le battant et me laissa entrer. Je l'examinai de près. Elle ne devait pas avoir dépassé la vingtaine. Le front était bas, le nez court, la mâchoire têtue. Un visage de matérialiste. La bouche, sensuelle, eût tenté un saint. Je me demandai comment elle serait à quarante ans, à supposer qu'elle vécût jusque-là.

Son living-room faisait penser à celui d'une demi-mondaine 1900 : un canapé qu'on avait surmonté d'un baldaquin de fantaisie, un rideau qui masquait la moitié d'un mur, un lampadaire à l'abat-jour de soie mauve. Sur une petite table, une pile de magazines sentimentaux.

Jo s'approcha de moi et s'humecta les lèvres.

— Qu'est-ce qu'il vous a chargé de me remettre ? s'enquit-elle.

— Ça.

Je refermai la porte et lui tendis le petit paquet que j'avais pris dans le coffre de ma voiture. Elle le défit si vivement que son contenu tomba par terre. Elle se laissa littéralement tomber à quatre pattes pour le ramasser.

Lorsqu'elle fut de nouveau debout, elle tenait quatre cigarettes à la main et avait la cinquième à la bouche.

Je pris mon briquet et lui donnai du feu. Elle tira sur la cigarette brune comme un bébé suce son biberon. En six bouffées, elle en avait liquidé la moitié. Elle regarda ce qui restait, continua de fumer jusqu'au bout, puis écrasa le mégot dans un cendrier. Cela fait, elle rangea les quatre autres cigarettes dans une boîte et, après avoir esquissé en chantonnant trois ou quatre pas de danse, elle s'assit sur le canapé, un sourire de béatitude aux lèvres. Je pris place à côté d'elle.

— Comment vous sentez-vous, Jo ?

— Magnifiquement bien...

La voix était caverneuse.

— Bon Dieu, ce que j'en avais besoin ! Vous remercierez Donny pour moi.

— Je n'y manquerai pas, si je le vois. Je crois qu'il part en voyage.

— C'est vrai, ma foi ! Je n'y pensais presque plus. Nous partons tous les deux.

— Où ça ?

— Au Guatemala...

Elle poussa un soupir extatique.

— Nous allons refaire notre existence. Une belle existence toute neuve. Plus d'ennuis, plus de soucis, plus rien... Un vrai paradis... Rien que lui et moi.

— De quoi avez-vous l'intention de vivre ?

— Donny se débrouillera. C'est un malin.

— J'espère pour vous que vous ne vous trompez pas.

Elle tourna vivement la tête et me fixa dans le blanc des yeux.

— Pourquoi me tromperais-je ?

— Parce qu'on le surveille.

Elle se redressa.

— Qui ça ? Les flics ?

J'acquiesçai.

Elle s'appuya contre moi et me saisit une main.

— Qu'est-ce qui se passe, au juste ? fit-elle, inquiète. Je croyais qu'il était protégé.

— Il faut beaucoup de protections, Jo, lorsqu'il s'agit d'un meurtre.

Elle tressaillit.

— Avez-vous dit « meurtre » ?

— Ouais. Un ami à vous a été tué.

— Un ami à moi ? Vous voulez rigoler. Je n'ai pas d'amis dans ce sale patelin.

— Même pas Tony Aquista ?

Elle s'écarta de moi.

— Aquista ? Comment ça s'écrit ?

— Pas la peine de me faire marcher, Jo. C'était un de vos admirateurs. Vous l'avez même ramené ici, dimanche soir.

— Qui vous a dit ça ? C'est faux !

Mais elle regarda autour d'elle, comme pour voir si

Tony n'avait pas laissé, après son départ, quelque objet compromettant. Quand elle parla de nouveau, sa voix tremblait :

— On a tué Tony ?

— Vous devriez le savoir. C'est vous qui avez préparé le crime.

— Non, déclara-t-elle avec force. Ce n'est pas vrai ! Je n'aurais jamais fait une chose pareille. J'ai la conscience tranquille...

Elle baissa la tête et parut s'abîmer dans une espèce de rêve. Tout à coup, elle ajouta d'une voix sourde :

— Tony n'est pas mort. Vous essayez de me faire marcher.

— Vous voulez faire un saut jusqu'à la morgue ?

— Don ne m'a rien dit. Il m'aurait sûrement mise au courant si Tony était vraiment mort... On ne devait tuer personne.

— Pourquoi vous aurait-il mise au courant ? Il devait bien se douter que vous vous attendiez au pire.

— C'est faux ! Je ne m'attendais à rien. Je n'ai pas vu Tony depuis dimanche soir. Et aujourd'hui, je ne suis pas sortie d'ici...

Elle se leva et, les mains sur la poitrine, ajouta :

— Est-ce que quelqu'un tenterait de me monter le coup ? Qui êtes-vous ?

— Un ami à Don. On a bavardé un peu, ce soir.

— Don ne m'aurait sûrement pas impliquée... Il a été arrêté ?

— Pas encore.

— Vous êtes flic, je parie.

— Sûr, déclarai-je ironiquement. Inspecteur. C'est pour ça que je vous ai apporté ces cigarettes.

— Où est-ce que Don en a trouvé ?

— Chez Bozey. Mais, comme il ne pouvait pas les apporter lui-même, c'est moi qu'il a chargé de vous les remettre.

— C'est drôle qu'il ne m'ait jamais parlé de vous.

— Il ne vous raconte sûrement pas tout.

— Non, c'est vrai...

Elle alla jusqu'à la fenêtre et passa les doigts sur le store baissé. Puis elle revint au canapé et s'assit dans le coin le plus reculé, ramenant les genoux jusqu'à sa poitrine.

— Je ne comprends rien, dit-elle d'une voix sourde. Vous me dites que Tony est mort et que Don est un ami à vous. Dois-je vous croire ?

— Ça vous regarde. En tout cas, je vous dis la vérité.

— Et vous êtes dans... l'affaire ?

— Je le croyais, mais je commence à avoir de sérieux doutes. Je me demande si Don n'a pas décidé de nous laisser tomber, vous et moi. Il m'a peut-être menti, est-ce que je sais ?... D'après ce qu'il m'a déclaré, c'est vous qui deviez vous charger de Tony.

— Ça, c'était le projet initial. Je devais arrêter le camion sur la route et les autres raflaient la cargaison. Mais il ne devait pas y avoir de crime.

— Les autres, c'est Don et Bozey ?

— Ouais. Mais on a changé de plan, parce que Don ne voulait pas que je me compromette, si quelque chose ne tournait pas rond...

Elle se massa le cou.

— Et puis quelque chose est arrivé... Quelque chose dont Tony m'a parlé dimanche soir. Il était tellement rond, à ce moment-là, que, sur le coup, je ne l'ai pas cru. D'ailleurs Tony était un sacré menteur, il inventait la moitié de ce qu'il racontait. Seulement quand j'ai répété ses dires à Don, eh bien, Don y a cru.

— Qu'est-ce que Tony vous a raconté ?

— Eh bien, il m'a parlé d'Anne Meyer.

— Mais encore ?

Elle me jeta un regard en coin.

— Vous êtes bien curieux, fit-elle. Qui me dit que vous n'êtes pas un flic ? Je sais que vous m'avez apporté de quoi fumer, mais les bourres n'en sont pas à une saloperie près.

Je me levai, feignant la colère, et fis un pas vers la porte.

— Comme vous voulez, ma belle, dis-je d'un ton indigné. Je veux bien me laisser insulter mais si vous me traitez de flic...

Elle me suivit et m'agrippa par le bras.

— Vous fâchez pas. Ce que vous êtes irritable, bon Dieu ! O.K., je vous crois. Vous êtes un ami de Don et vous êtes dans l'affaire. Qu'avez-vous l'intention de faire ?

— Maintenant ? De mettre les voiles. J'ai l'impression que ça commence à sentir le roussi.

— Vous avez une bagnole ?

— Elle m'attend dehors.

— Est-ce que vous pourriez m'emmener ?

— Où ça ?

— Je ne sais pas, mais je ne veux pas rester ici à attendre comme une cloche une descente des flics... Attendez-moi un instant. Je vais prendre une douche et m'habiller.

Je pris quelques magazines et commençai à les feuilleter. J'entendais le bruit de l'eau dans la salle de bains. Au bout d'un quart d'heure, je commençai à ressentir quelque inquiétude. Je me levai et entrai sans frapper dans la chambre à coucher. Le placard était béant, les tiroirs de la commode tirés. J'ouvris la porte de la salle de bains. La douche coulait, mais la pièce était vide. Je me précipitai à la cuisine. La porte de service était entrouverte. Elle donnait sur un escalier métallique qui descendait jusqu'à un passage étroit séparant l'immeuble de Jo du bâtiment voisin. Je suivis le passage, atteignis la rue. Une silhouette se tenait au coin. En m'en approchant, je vis que c'était un jeune rouquin, vêtu d'une veste de cuir. Il avait les mains dans les poches.

— Vous n'avez pas vu une jeune femme sortir d'ici ? lui demandai-je.

— Une jeune femme comment ?

— Une petite brune. Elle avait probablement une valise à la main.

— Ouais, je l'ai vue.

— Dans quelle direction est-elle allée ?

— Ça dépend... Qu'est-ce que vous lui voulez, à la petite ?

Il parlait d'une voix calme et égale, mais il y avait quelque chose de menaçant dans l'intonation. J'eus tout à coup une idée.

— Vous ne seriez pas Bozey, des fois ?

Rapide comme l'éclair, sa main droite m'atteignit à la tempe. Je m'assis par terre. Un rayon de lune se refléta sur un objet métallique que l'homme tenait à la main. Un coup-de-poing américain.

— Oui, c'est moi, Bozey...

Il se pencha au-dessus de moi.

— Et toi, je parie, t'es un flic ! Tant pis pour toi !

Sa main s'éleva. Je parvins à éviter le coup et tentai de me redresser. Mais j'avais les jambes en coton. Je sentis quelque chose de dur heurter ma nuque et m'enfonçai dans la nuit...

Lorsque je revins à moi, j'étais au volant de ma voiture, essayant de tourner la clé de contact. La rue était déserte. Je démarrai, embrayai. Une violente nausée m'envahit, mais je réussis à la maîtriser. Je secouai la tête. Combien de temps étais-je resté évanoui ? Je voulus consulter ma montre, mais je ne l'avais plus au poignet. Je me tâtai. Mon portefeuille aussi avait disparu. J'ouvris alors la boîte à gants. Mon .38 n'avait pas bougé. Je le mis dans la poche de mon veston.

11

La décapotable rouge de Kerrigan était garée devant sa maison. Je m'arrêtai à une dizaine de mètres d'elle et mis pied à terre. Il y avait de la lumière aux fenêtres. Le cottage était séparé de la rue par une pelouse bien entretenue. En m'en approchant, j'entendis des voix. Celle d'une femme d'abord, celle d'un homme ensuite. Ils paraissaient se quereller. Les fenêtres du rez-de-chaussée étaient trop hautes pour que je puisse voir à l'intérieur. Je passai par la véranda, enjambai la balustrade de pierre, avançai pas à pas le long d'un rebord, atteignis enfin la pièce où l'on parlait. Le store était baissé mais, par une fente, j'apercevais une partie du living-room. Une belle pièce, avec une cheminée de marbre et des meubles d'époque. Kerrigan se tenait près de la cheminée, une main dans la poche, l'autre tenant une pipe dont il tirait une bouffée de temps en temps. Mrs. Kerrigan me tournait le dos. Je ne voyais d'elle que le haut du corps. Un collier de perles brillait à son cou. Bien que la fenêtre fût fermée, je pouvais entendre la conversation.

— Tu as mangé tout l'argent que j'avais, disait-elle, et maintenant tu veux me quitter. Au fond, j'ai toujours pensé que tu agirais ainsi.

— Vraiment ? fit Kerrigan avec un ton de comédien de deuxième ordre.

— Depuis, exactement, le jour où j'ai appris que tu couchais avec la petite Meyer.

— C'est de l'histoire ancienne, ça, dit-il. Ça remonte à au moins quatre ou cinq ans.

— C'est ce que tu as voulu me faire croire. C'est ce que j'ai cru. Mais je sais maintenant que tu mens.

— Non, c'est la vérité.

— Tu n'es pas capable de dire la vérité, mon pauvre Don. Tu as toujours menti et tu continueras de mentir jusqu'à ta mort. Tu as commencé avant même que nous soyons mariés. Tu m'as menti au sujet de tes antécédents, au sujet de tes projets, au sujet de tes ressources. Et, depuis notre mariage, tu n'as cessé de me tromper.

— Prouve-le !

— Je n'en ai pas besoin. Je suis au courant de tout. Si tu crois que j'accordais la moindre foi à tes histoires, lorsque tu arrivais ici, chez moi, les vêtements en désordre et le visage barbouillé de rouge à lèvres...

— Un instant ! l'arrêta-t-il. As-tu remarqué ce que tu as dit, Kate ? Tu as dit : ici, chez *moi*. Tu n'as pas dit chez *nous*. Et tu t'étonnes, après cela, que je me sois toujours senti un étranger dans cette maison !

— Tu t'es toujours conduit avec moi comme un étranger. Et si j'ai parlé de *ma* maison, c'est parce qu'elle est bien à moi. Mon grand-père l'avait bâtie pour ma grand-mère. Ils l'avaient laissée à mon père et c'est de lui que je la tiens. Elle est à moi, elle m'appartient. Et je te donne ma parole que jamais elle ne sera à toi.

— A moi ? Qu'en ferais-je ? Elle ne m'intéresse pas, *ta* maison !

— J'en suis persuadée. Ce qui ne t'a pas empêché, l'autre jour, de me conseiller de la vendre et de te confier l'argent.

— Oui, en effet...

Il haussa les épaules.

— Mais maintenant, c'est trop tard. Tu peux la garder, ta maison, et y vivre jusqu'à ta mort. Au fond, je ne m'y suis jamais senti chez moi. Mais je suis heureux de te la laisser. Elle servira aussi de prison à ton prochain mari.

— Tu penses vraiment que j'aurais envie de me remarier, après la triste expérience que j'ai faite avec toi ?

— Allons, allons, Kate, pourquoi dramatiser ? Tu aurais pu tomber sur quelqu'un de plus dégoûtant que moi. A t'entendre, on pourrait croire que nous avons fait un mariage d'amour. T'ai-je jamais bercée d'illusions ? Non. Alors ? Je n'étais pas amoureux de toi lorsque je t'ai épousée. Je l'ai fait pour ton argent. Est-ce un crime ? Dans ton milieu, on ne se marie guère par amour. Au fond, en t'épousant, je t'ai rendu service...

— Tu m'en vois comblée !

— Mais je suis sérieux ! protesta-t-il. Tu étais seule dans la vie. Tes parents étaient morts, ton amant avait été tué à la fin de la guerre...

— Talley n'était pas mon amant !

— Là, je te crois volontiers. Bref, tu sais très bien pourquoi tu m'as accepté. Tu avais besoin d'un homme, tu ne tenais plus. Bon, j'ai consenti à jouer le rôle de l'étalon. J'ai tenté de faire de mon mieux. Tu ne devineras jamais combien j'ai souffert. J'espérais qu'on se compléterait, mais j'ai échoué. Je partais perdant car tu t'es toujours méfiée de moi. Au fond, tu n'as jamais pu me sentir.

Elle vacilla.

— Je t'aimais, Don...

Elle se tourna de trois quarts et je vis qu'elle avait porté les mains à sa poitrine.

— Tu croyais m'aimer, Kate. J'admets même que tu m'aimais cérébralement. Mais ça ne suffit pas pour faire un bon ménage. Pour moi, tu es toujours vierge. Tu comprends ce que ça veut dire, Kate ? Avec toi, je ne me suis jamais senti un homme. Pas une fois tu ne m'as donné l'impression d'avoir éprouvé le moindre plaisir avec moi !

— Je ne suis pas responsable... Est-ce ma faute ? Beaucoup de femmes sont comme moi.

— A quoi bon discuter ?...

Il tira une bouffée de sa pipe.

— Notre mariage a été un échec complet.

— Je m'en suis rendu compte le jour où je t'ai vu faire tes valises. Lorsque tu as rompu avec Anne Meyer ou, du moins, lorsque tu as prétendu avoir rompu, j'avais eu comme un faible espoir. Mais après Anne, il y en a eu d'autres. Et j'ai compris que tout était fini le jour où je t'ai rencontré à l'auberge, au bras de cette petite putain... Tu vois de qui je parle ? Ce jour-là, tu as fait semblant de ne pas me voir. Tu n'avais d'yeux que pour elle.

— Je ne sais pas à quoi tu fais allusion, fit-il sans grande conviction. Je n'ai jamais été à l'auberge en compagnie d'une fille.

— Tu mens ! Tu mens encore ! Je vous ai vus tous les deux !

Elle serra les poings.

— Et elle, elle te fait plus d'effet que moi, hein ? Avec elle, tu te sens un homme. Elle, probablement, sait entretenir tes illusions de don Juan vieillissant.

— Laisse-la tranquille !

— Pourquoi ? Serait-elle sacrée ? Ah, oui, je comprends, c'est avec elle que tu vas partir.

— Tu es complètement folle, ma pauvre Kate.

— Pas autant que tu penses. De toute façon, tu vas me quitter ce soir, et je te connais trop bien pour imaginer un seul instant que tu puisses partir seul. Tu as besoin d'une femme, à tes côtés, pour te flatter, pour te répéter que tu es demeuré irrésistible. Après tout, je m'en fiche. Tu peux partir avec qui tu veux. Je me trompe peut-être. Il se peut que ce ne soit pas avec la petite brunette que tu partes. Il se peut que ce soit avec Anne Meyer. A moins que ce ne soit avec quelqu'un que je ne connais pas.

— Tu es folle !...

— Pas tant que ça, Don. Je sais que tu as donné à Anne les clés du pavillon, vendredi soir. J'ai surpris votre conversation, j'ai entendu Anne te remercier. Ça ne m'étonnerait nullement si elle était là-bas, à t'attendre.

— Ne sois pas ridicule. Je t'ai déjà dit que tout était fini entre elle et moi. Je ne sais pas plus que toi où elle se trouve.

— N'a-t-elle pas passé son week-end au lac Perdida ?

— Je n'en sais rien. Je lui ai dit, en effet, qu'elle pouvait y aller, puisque nous restions ici. Le pavillon étant inoccupé, je lui ai donné les clés. Quel mal y a-t-il à cela ?

— C'est là-bas que tu dois la rejoindre ?

— Combien de fois devrai-je te répéter que c'est faux ? D'ailleurs, Anne n'y est plus. J'y suis passé lundi et elle était partie.

— Partie où ?

— Je n'en ai pas la moindre idée. A t'entendre, on croirait que je suis à la tête d'un harem.

— Ce n'est pas tellement exagéré. A moins d'avoir une femme pour te le souffler à l'oreille, tu ne te rends même pas compte que tu existes. Et tu ne pourras jamais rester avec la même femme. Il te faut du changement...

— Ah ! s'écria-t-il, je te vois venir. Tu vas encore me sortir ce que tu as lu dans tes maudits livres. J'ai des complexes, c'est ça que tu veux dire, hein ? Tu me fais marrer, avec tes complexes ! Je n'en aurais pas si tu m'avais traité comme un homme, comme ton mari, mais tu n'as jamais voulu...

— Don, ne t'emporte pas. Tu sais que c'est faux. J'ai toujours fait ce que j'ai pu pour toi... Je t'ai pardonné plus d'une fois tes fugues, je t'ai promis d'oublier tes escapades... Aujourd'hui encore... Don, tu as des ennuis, n'est-ce pas ? Et cette fois, je crains que ce ne soit sérieux.

— Même si c'était vrai, je ne te dirais rien.

— Et si on faisait la paix, Don ? Si, pour une fois, nous étions honnêtes l'un envers l'autre ? Si je peux t'aider...

— Je ne veux pas... Tu m'aiderais vraiment, Kate ?

— Oui. Même s'il me fallait renoncer à cette maison.

— Je n'ai pas besoin de ta maison...

Il se redressa, le visage crispé.

— Réflexion faite, je ne veux pas de ton aide. Tu me la ferais payer trop cher.

Elle recula, comme s'il lui avait donné un coup.

— Don, dit-elle d'une voix si basse que je perçus à peine ses paroles, pourquoi Brand Church est-il venu ici ce soir ?

— Il poursuit son enquête et il voulait recueillir mon témoignage.

— J'ai eu l'impression que c'était plus grave que ça.

Il fit un pas vers elle, menaçant.

— Tu as écouté aux portes ? grogna-t-il.

— Je n'en ai pas l'habitude, mais vous criiez tellement fort que je ne pouvais pas m'empêcher d'entendre. Vous avez eu une scène atroce.

— N'exagère pas, je t'en prie.

— Don, c'était au sujet de cet assassinat ?

— Je n'ai pas l'intention de poursuivre cette discussion...

Il secoua sa pipe au-dessus de l'âtre.

— De toute façon, elle ne mènera à rien. Je ne suis qu'un raté, comme tu me l'as constamment répété. Je l'admets. Mais ce n'est pas entièrement de ma faute. Nous avons eu tort de rester dans cette ville. Si le gouvernement n'avait pas fermé le camp militaire, nous aurions eu des centaines de clients tous les jours, et on roulerait sur l'or.

— C'est ce que tu crois. Tu ne reconnaîtras jamais que tu es responsable de ton échec. Tout à l'heure c'était moi, maintenant c'est le gouvernement.

— Gouvernement ou pas, je m'en vais...

Il se dirigea vers la porte. Kate Kerrigan éclata d'un rire qui sonnait faux.

— C'est un prétexte ! s'écria-t-elle. Tu aurais inventé n'importe quoi pour quitter ta femme.

— Ma femme ? Tu me fais rigoler. Tu n'as jamais été ma femme !

Il sortit. Mrs. Kerrigan attendit quelques instants, puis le suivit, sans éteindre la lumière.

Je quittai mon poste d'observation et me cachai derrière un pilier de la véranda. Cinq minutes plus tard, la porte du cottage s'ouvrait et Kerrigan se dressait sur le seuil, une valise à la main. Sa femme l'accompagnait.

— Alors, tu t'en vas pour de bon ? demanda-t-elle d'une voix rauque.

— Et comment ! Je te laisse tout. Je ne prends que ma voiture et mes vêtements.

— Tu oublies tes dettes.

— Tu n'auras qu'à vendre le motel, il te laissera encore du bénéfice.

— Ça m'étonnerait.

— Oh, et puis la barbe ! Débrouille-toi comme bon te semble ! Tu sais ce que tu es, Kate ? Un vampire ! Tu me faisais mourir lentement. Si je restais avec toi six mois de plus, je crois qu'on m'emmènerait les pieds devant... Adieu, Kate, et n'essaie pas de me relancer. Ça ne servirait à rien, et ça pourrait te valoir des ennuis.

Il descendit les marches de la véranda, se dirigeant vers sa voiture. Mrs. Kerrigan demeura sur le seuil, telle une statue du Désespoir. Tout à coup, elle porta la main à sa gorge et tira sur son collier. Les perles se répandirent sur le plancher avec un bruit de grêlons.

12

La décapotable rouge prit la direction des faubourgs sud. Je la suivis à trois cents mètres. Nous quittâmes la ville. Je pensais que Kerrigan se rendait à son motel, mais je me trompais. Trois ou quatre kilomètres avant son établissement, il s'arrêta devant un restaurant de routiers. Je ralentis. C'était une bicoque qui ne payait pas de mine. Trois voitures seulement, deux vieux rafiots et une Buick d'un modèle récent, étaient garées devant l'entrée. Je craignais de me rapprocher, car Kerrigan aurait pu me repérer. Il y avait heureusement, à cinquante mètres du restaurant, une station-service. J'y stoppai et demandai qu'on fît le plein d'essence.

La Ford de Kerrigan s'était arrêtée à côté de la Buick et il en était descendu. Il s'entretenait maintenant avec l'occupant de l'autre voiture dont je ne voyais qu'un bras dépassant de la portière. Tout à coup, j'aperçus le propriétaire de la Buick tendre à Kerrigan un petit paquet enveloppé dans du papier journal. Kerrigan le prit, le mit dans sa poche et remonta dans sa voiture. Les phares de la Buick s'allumèrent et elle démarra. L'espace d'une seconde j'entrevis une veste de cuir et des cheveux roux. Bozey.

Je payai mon essence et appuyai sur le démarreur. La Buick était partie en direction du motel, mais elle ne s'y arrêta pas. Elle roulait à plus de cent à l'heure et je dus à mon tour écraser le champignon. Quelques kilomètres plus loin, Bozey ralentit, parut hésiter et tourna soudain à droite, s'engageant dans une petite route perpendiculaire à la nationale. Je le dépassai au moment où il éteignait ses phares. Je roulai trois ou quatre cents mètres, puis virai en épingle à cheveux, revins à l'embranchement, tournai à gauche. J'étais sur une route poussiéreuse, bordée de clôtures de barbelés. A mon tour, j'éteignis mes phares — inutile que Bozey me repérât. D'ailleurs, avec la lune, on parvenait à s'orienter. Je parcourus ainsi sept ou huit cents mètres. Je me rendis soudain compte que le champ, à ma gauche, n'était autre chose que l'aérodrome de l'ancien camp des fusiliers marins. Bozey avait-il installé son Q.G. dans quelque hangar abandonné ? La Buick avait disparu. Les traces des pneus étaient heureusement visibles. Elles menaient à un passage large de trois mètres dans la haie. Je ne m'étais pas trompé, c'est là que Bozey avait dû tourner. J'arrêtai ma voiture sur le bas-côté de la route, vérifiai si mon .38 était bien chargé puis descendis. La nuit était tellement calme que j'entendais mes pas dans l'herbe. Les nuages qui, depuis trois ou quatre minutes, masquaient la lune s'éloignèrent et j'aperçus la Buick arrêtée à une petite distance, devant la porte béante d'un hangar.

Je me mis en marche, serrant mon pistolet dans ma main. Cela faisait du bien de sentir le contact du métal contre ma peau, cela me rassurait. J'avais parcouru une centaine de mètres quand le bruit d'un Diesel me parvint du hangar, puis deux phares s'allumèrent. J'étais en terrain découvert. Je me mis à courir, de façon à échapper au rayon des phares, mais le véhicule quittait déjà son abri. Un camion avec remorque. Je vis un visage blanc au-dessus du volant mais je n'eus pas le temps de l'identifier : camion et remorque fonçaient sur moi. Je me dis : pas la peine de courir, il me rattrapera. Je m'immobilisai donc et, tendant le bras, attendis. Quand le véhicule fut à une dizaine de mètres de moi, j'appuyai sur la détente, visant le pare-brise. Des craquelures apparurent sur le verre mais il ne se cassa pas. Et le camion arrivait... Je sautai de côté. Mon pied heurta quelque chose et je tombai à la renverse. Ma tête, elle aussi, porta sur un objet dur et j'en vis trente-six chandelles...

Quand je revins à moi, j'étais étendu au milieu d'un tas de ferraille. Je me mis sur mon séant. Le camion avait disparu, le calme était revenu. Seuls des grillons chantaient dans le lointain. Je me tâtai. Je paraissais entier. Un objet brillait à côté de moi sous un rayon de lune. Mon .38. Je le ramassai, me relevai, mais n'eus pas la force de m'épousseter. Ma tête me faisait mal, mais je pus rejoindre la voiture sans encombre. Je me mis au volant, démarrai, virai, m'engageai en direction du hangar. De mes phares, j'éclairai l'intérieur. Vide. Seule une tache d'huile de fraîche date indiquait qu'un véhicule y avait séjourné. Dans un coin, j'aperçus une bouteille de Coca-Cola. La Buick, elle, était toujours garée devant l'entrée.

Je descendis et allai l'examiner. Bien qu'elle fût de modèle récent, elle était dans un piètre état. Son conducteur, apparemment, n'en prenait aucun soin. Elle portait un numéro californien mais, à l'intérieur, la plaque d'identité manquait. Sur le plancher de la voiture, je recueillis quelques mégots bruns. Marihuana, évidemment. Je trouvai également, enfoncée entre deux coussins, une carte des États du Sud-Ouest. Je la pris et réintégrai ma propre guimbarde.

Arrivé à la nationale, je stoppai et réfléchis, me mettant à la place de Bozey. S'il avait tourné à droite, il se heurterait aux barrages que Church avait fait établir à toutes les sorties du comté. A gauche, il eût repris la route de la ville. Ne restait donc que celle qui s'étendait droit devant moi. C'était celle qui menait au col de Las Cruces. Logiquement, c'était la seule que Bozey eût pu prendre, s'il voulait éviter d'être arrêté.

Je parcourus huit kilomètres sans rencontrer âme qui vive. Puis, à un tournant, je vis une lanterne rouge au milieu de la route. En m'en approchant, je constatai qu'une voiture noire était arrêtée en diagonale, sur la route, empêchant tout passage. Je freinai et reconnus la Mercury de Church.

Le shérif s'avança vers moi, sa lanterne rouge à la main gauche, une carabine dans la main droite.

— Rangez-vous sur le bas-côté de la route et descendez. Les bras en l'air, m'ordonna-t-il.

Pendant que je remettais la voiture en marche, il posa sa lanterne par terre et alluma une torche électrique qu'il me braqua en plein visage.

— Vous encore ! s'écria-t-il.

— Je peux vous retourner le compliment, dis-je froidement. Au fait, avez-vous vu le camion ?

— Quel camion ?

— Celui de Meyer, pardi.

— Si je l'avais vu, vous croyez que je serais ici, à grelotter de froid ? râla-t-il.

— Il y a longtemps que vous attendez à cet endroit, shérif ?

— Plus d'une heure.

— Et quelle heure est-il ?

— Une heure moins cinq. Y a-t-il autre chose que vous désirez savoir, Archer ? Ce que j'ai mangé pour dîner, par exemple ?

— Ma foi, pourquoi pas ? Moi, je n'ai pas dîné.

— Moi non plus, grogna-t-il en s'approchant de moi. Qu'est-ce qui vous arrive, Archer ? Vous avez du sang sur la tête. Quelqu'un vous aurait-il matraqué ?

— Hélas, shérif, la vérité est bien plus prosaïque. Je suis simplement tombé sur un tas de ferraille. Mais pour en revenir au camion, je l'ai vu il y a quelques instants. Enfin, disons il y a un quart d'heure. Et si mes yeux ne m'ont pas trompé, celui qui l'a volé a fait disparaître les inscriptions indiquant qu'il s'agissait d'un véhicule appartenant à la Société Meyer. Le gars qui conduisait était un rouquin qui est probablement un intime de Kerrigan. C'est du moins ce que j'ai supposé après les avoir vus converser devant le restaurant de routiers pas loin du motel. Et Bozey, le rouquin, a abandonné sa Buick devant un hangar du camp désaffecté.

— Vous avez assisté à l'entrevue ?

— Plus ou moins. Le rouquin a remis à Kerrigan un petit paquet. Je parie qu'il y avait dedans un nombre respectable de billets verts. Probablement la récompense de Kerrigan.

— Quelle récompense ?

— Eh bien, Bozey a payé Kerrigan pour avoir organisé le vol du camion.

— Vous êtes cinglé. Comment Kerrigan aurait-il pu faire ça ?

Je ne répondis pas. Nous nous regardâmes en silence. Ce fut Church qui le rompit.

— Je crois, dit-il, que vous en voulez sérieusement à Kerrigan. Remarquez qu'il m'est aussi très antipathique, mais cela ne suffit pas pour l'accuser d'être complice d'une bande de gangsters.

— Pourtant, shérif, les faits sont éloquents. Vous en connaissez un certain nombre et je suis prêt à vous fournir d'autres éléments. Pourquoi, à votre avis, a-t-il commandé un stock de whisky qui lui aurait duré une dizaine d'années ?

— Comment le savez-vous ?

— Ce n'est pas tout ce que je sais. J'ai également appris qu'il avait vendu *La Pantoufle* ce matin. En outre, il a quitté sa femme pour en suivre une autre.

— Qui ça ?

— Pas votre belle-sœur, rassurez-vous. Anne Meyer semble être en dehors de cette affaire. La fille en question s'appelle Jo Summer. Elle était vaguement chanteuse à *La Pantoufle*. Et, depuis une quinzaine de jours, elle se laissait conter fleurette par Aquista. Alors, tout cela ne vous suffit pas pour boucler Kerrigan et Cie ?

— Ce qu'il me faut, Archer, ce sont des preuves. En avez-vous ?

— C'est à vous de les réunir. Seulement, si vous attendez pour les arrêter, ils vous fileront entre les doigts et après ce sera trop tard.

— Vous voulez m'apprendre mon métier ?

— Nullement, ce sont de simples conseils...

— ... intéressés, acheva-t-il avec un petit rire. Je comprends que vous en vouliez à Kerrigan mais, une fois encore, ne vous laissez pas emporter par des sentiments de vengeance personnels, sinon il pourrait vous en cuire.

— C'est une menace ?

— Comprenez-moi comme vous voulez. Je ne voudrais pas qu'il vous arrive un accident dans le comté où j'exerce mes fonctions. Ça vous dirait de finir dans le fossé avec une balle dans la tête ?

J'avais les doigts crispés sur mon .38, dans ma poche.

— Vous voulez dire une balle de carabine, shérif ?

Church fit de nouveau entendre un rire déplaisant.

— Mais pas du tout, Archer, déclara-t-il tout à coup. Je veux simplement éviter qu'il vous arrive malheur. A votre place, je retournerais à Las Cruces et me ferais panser la tête. Faites-vous désinfecter votre blessure, prenez un peu de repos, ça ne vous fera pas de mal. Vous m'avez compris ?

— Trop bien, je le crains. Vous voulez que je fiche la paix à Kerrigan et à ses copains, c'est bien ça ?

— Je veux surtout que vous me fichiez la paix, à moi. Je vous trouve constamment sur ma route, en train de brouiller les cartes. Je me sens responsable de votre sécurité. Je ne peux tout de même pas vous donner un garde du corps.

— Je ne vous en demande pas tant.

— Ouais, on dit ça...

Il réfléchit un instant.

— Allez, filez, Archer, je vous ai assez vu.

Il avait l'air mauvais.

Je haussai les épaules, remis ma voiture en marche, virai en épingle à cheveux et repris la direction de la ville.

13

Je ralentis en passant devant le motel. A ma grande surprise, je vis la Ford rouge arrêtée devant l'entrée. Je stoppai, sautai à terre, courus vers la décapotable. Vide. Mais Kerrigan n'avait pas éteint le moteur. Je le fis à sa place, glissai la clé de contact dans ma poche et tirai mon .38.

Tous les bungalows du motel étaient sombres à l'exception d'un seul, mais il y avait de la lumière dans le bâtiment principal. Elle provenait du bureau du maître de céans. Je me dirigeai vers la porte, entrai, allai jusqu'au bureau. C'était une belle pièce, éclairée au néon, avec un ameublement métallique. Encastré dans l'un des murs, il y avait un petit coffre mural. Ouvert. Et je trouvai Kerrigan étendu sur le ventre entre le coffre et sa table de travail. Il avait un trou à la tête, par lequel on voyait sa cervelle en bouillie.

J'eus un haut-le-cœur et fermai les yeux. Je les rouvris au bout d'un instant et me penchai au-dessus du corps. Le tapis était rouge de sang. Je soulevai la tête du mort par les cheveux. La balle était entrée entre les deux yeux et ressortie par la nuque. Kerrigan avait les yeux ouverts. Je reposai la tête par terre et fis les poches du cadavre. Une sirène retentit dans le lointain.

Les poches de Kerrigan étaient vides. Son portefeuille avait disparu et je ne trouvai pas davantage le paquet que Bozey lui avait remis. La sirène hurlait toujours, de plus en plus proche. Je jetai un coup d'œil dans le coffre. Pas mal de papiers : factures, chèques encaissés, etc. — mais pas un *cent.*

Une voiture s'arrêta dehors dans un grincement de freins. Je décidai qu'il était malsain de prolonger ici mon séjour d'autant que la balle qui avait mis fin à l'existence de Kerrigan semblait être de calibre 38.

Je quittai le bureau et m'avançai prudemment jusqu'à la porte. Je fus surpris de voir, à la place de la voiture de la police, un petit coupé. Il y avait une femme au volant. Je reconnus Jo Summer.

Je levai mon pistolet et criai :

— Ne bougez pas, ou je tire !

Puis je courus dehors.

La petite MG démarra en trombe. Au moment où j'allais appuyer sur la détente, quelqu'un me plaqua aux jambes. Je tombai. Jo Summer et son auto étaient déjà loin. Je tentai de me dégager de l'étreinte qui m'enserrait, mais j'avais affaire à forte partie. Un bras m'entoura le cou et se mit à tirer en arrière.

Je n'avais pas lâché mon .38 et m'en servis pour marteler le coude de mon agresseur. L'homme hurla de douleur et sa pression se relâcha. Réunissant toutes mes forces, je me relevai sur un genou, me projetai en avant. Mon adversaire passa par-dessus ma tête et atterrit devant moi. Je me lançai sur lui, essayant d'immobiliser ses membres.

Tout à coup je vis que l'homme était botté. Et qu'il portait un uniforme olive. En même temps, une voix étouffée m'annonça que j'étais en état d'arrestation.

Je me redressai et laissai l'homme se relever. Il jurait comme un templier. Quand il fut debout, je reconnus Braga, un des adjoints du shérif, et cousin de Tony Aquista. Ses petits yeux noirs brillaient comme ceux d'un serpent et un rictus de haine déformait ses traits.

— Passez-moi votre pétard ! ordonna-t-il.

— Je préfère le garder, Braga.

— Je vous donne l'ordre de me remettre votre pistolet ! s'écria-t-il. Je vous ai vu en menacer la jeune fille dans la voiture.

— Je ne m'en cache pas. J'essayais de l'arrêter. Elle est complice de la bande qui a volé le camion de Meyer. Vous pouvez vous féliciter de l'avoir laissée échapper.

— Écoutez-moi, espèce de petit privé véreux...

Il fit un pas vers moi. Je braquai mon pistolet sur lui et il s'arrêta pile.

— Braga, lui dis-je, cette fille est la petite amie de Kerrigan et celui-ci gît dans son bureau, la moitié de la tête emportée.

— C'est donc ça, le coup de feu qu'on a entendu. C'est vous qui l'avez signalé ?

— Non.

Il réfléchit.

— Je n'aime pas les coïncidences, déclara-t-il enfin. Vous avez l'habitude de trouver les cadavres par paires ?

— J'étais sur la trace de Kerrigan. Si vous voulez savoir pourquoi, demandez-le au shérif. Je lui ai exposé mes activités il n'y a pas une demi-heure.

— Vous voulez que je vous croie ? Il est sur la route du col où il a établi un barrage.

— C'est justement là que nous avons eu notre petit entretien. Et, puisqu'on en est au chapitre des coïncidences, comment se fait-il que Church soit là-bas, au lieu de diriger les opérations depuis son P.C. ? J'ignorais qu'un shérif daignât s'abaisser à des tâches généralement réservées à ses adjoints.

— C'est moi qui pose les questions, grogna-t-il en faisant un nouveau pas vers moi. Et, pour la dernière fois, je vous somme de lâcher votre feu.

— Désolé, Braga, rien à faire. J'en ai besoin. Je vais tenter de rattraper la fille.

— Vous ne bougerez pas d'ici.

Il se pencha en avant et mit la main à son étui. J'avais le choix entre tirer le premier ou le laisser m'abattre. Je choisis une troisième solution. Je me reculai légèrement et lui envoyai un crochet du gauche au menton. Il mordit la poussière sans seulement pousser un cri.

J'entendis un bruit de serrure qu'on ouvrait et tournai

la tête. La porte du bungalow le plus proche venait de s'ouvrir et un jeune homme vêtu d'un pyjama rouge venait vers moi, les cheveux ébouriffés.

Je jetai un coup d'œil à Braga — il ne bougeait pas — et allai à la rencontre du nouveau venu.

— Qui êtes-vous ? demandai-je.

— Allister Gunnison junior, annonça-t-il d'un ton solennel. C'est moi qui ai téléphoné à la police après avoir entendu ce coup de feu. Vous êtes inspecteur ?

— A quelle heure avez-vous téléphoné ?

— Je crois qu'il était une heure quinze. J'ai eu la présence d'esprit de consulter mon réveil. J'ai également perçu un bruit de pas qui s'enfuyaient.

— D'où venait-il, ce bruit ?

— Je ne sais pas très bien. Si, attendez... J'ai eu l'impression que quelqu'un courait en direction de la route.

— Un homme ou une femme ?

— Je n'ai pas la possibilité de vous le dire. Quand je suis sorti, il n'y avait plus personne en vue. Alors, je me suis servi de la cabine là-bas, au fond de la cour. Cela fait, je suis rentré dans mon bungalow et j'ai pris du Luminol. J'avais le cœur qui battait, vous comprenez ? Je suis ultra-nerveux.

— Vous n'êtes pas le seul...

— Ma voiture ! s'écria-t-il tout à coup. Je l'avais laissée là...

— Un coupé MG ? fis-je vivement.

— Oui, vous l'avez vu ?

La lumière se fit soudain dans mon esprit. La voiture dont j'avais entendu les freins, ce n'était pas Jo Summer qui arrivait, mais Braga. La petite Jo, elle, avait simplement emprunté le coupé du pauvre Allister Gunnison junior.

— Ouais, dis-je au jeune homme. Je l'ai vu. Vous n'auriez pas dû y laisser les clés. On l'a volé.

— Oh, mais c'est affreux ! s'écria-t-il. Que va dire maman ?

Il me jeta un coup d'œil suppliant.

— Elle m'en voudra pendant une semaine au moins. Elle m'attend à Pasadena... Monsieur l'inspecteur, il faut absolument que vous retrouviez mon auto...

Il me fixa de ses yeux de myope.

— Mais... mais vous n'avez pas d'uniforme... Vous n'êtes pas de la police !

— Agent spécial, envoyé par Washington, lui dis-je d'un ton solennel. On nous avait signalé qu'un des clients du motel portait un pyjama rouge. Alors, mes chefs m'ont envoyé pour le surveiller. Changez de pyjama, Gunnison.

Il me contempla d'un œil complètement hébété. Braga remua et poussa un gémissement. Je rangeai mon .38 dans ma poche et me mis à courir en direction de ma voiture, garée sur la nationale.

Une fois au volant, je me dis qu'il était parfaitement inutile que je donne la chasse à Jo. Elle avait trop d'avance. Sans compter qu'elle n'irait sûrement pas dans un endroit que je connaissais.

Pour faire quelque chose, je mis le cap sur la demeure des Kerrigan.

14

Mrs. Kerrigan faisait marcher son pick-up. De la musique sérieuse. Une sonate pour violon et piano de je ne sais qui. Je sonnai. La musique s'arrêta et, vingt secondes plus tard, j'entendis une voix de femme demander à travers la porte :

— Qui est-ce ?

— Archer.

Le battant s'entrouvrit, mais Mrs. Kerrigan n'avait pas ôté la chaîne.

— Ah, c'est vous, fit-elle d'un ton neutre. Je vous reconnais. C'est vous qui avez amené le blessé au motel...

— J'en reviens. Votre mari a eu un accident.

— De voiture ?

— Pas exactement. Une balle...

— Don ? Est-il sérieusement blessé ?

— Très grièvement, je le crains. Puis-je entrer ?

Elle ôta la chaîne et tira le battant, puis s'effaça pour me laisser entrer. Elle portait un peignoir de serge bleue, mais elle n'avait quitté ni ses bas ni ses chaussures.

— Je ne parvenais pas à m'endormir, m'expliqua-t-elle en repoussant le battant. Une espèce d'instinct me disait qu'il nous arriverait un malheur. Alors, j'ai décidé d'écouter un peu de musique. Une sonate de Bartok. Drôle de chose à écouter à deux heures du matin.

Elle m'observa, aperçut la blessure que j'avais à la tête.
— Mais vous aussi, vous saignez, Mr. Archer !
— Ce n'est pas bien grave. Je n'en mourrai pas.
— Je... Don est vraiment grièvement blessé ?
— Très grièvement, Mrs. Kerrigan.
— Je devrais aller le voir, vous ne pensez pas ?
Elle alla jusqu'au pied de l'escalier, puis se tourna soudain, la main sur la rampe.
— Vous ne voulez pas dire qu'il est mort ?
— Il a été assassiné, Mrs. Kerrigan. A votre place, je ne bougerais pas d'ici. De toute façon, ils viendront vous rendre visite d'ici peu.
— « Ils » ?
— La police, les hommes du shérif. Ils vont vous questionner. Moi aussi, j'ai un certain nombre de questions à vous poser.
D'un pas hésitant, elle se dirigea vers le living-room, s'assit sur le canapé, se passa la main sur le visage.
— J'ai l'impression, déclara-t-elle, d'être devenue veuve deux fois dans la même soirée. C'est beaucoup, vous ne trouvez pas ?... Comment a-t-il été tué ? D'une balle, disiez-vous ?
— Oui. Dans le bureau du motel, il y a moins d'une heure.
— Si je vous comprends bien, on me soupçonne ?
— Pas moi.
— Pourquoi ?
— Disons parce que vous avez une tête qui me revient.
Elle sourit amèrement.
— Vous êtes probablement le seul... Soyez sérieux, Mr. Archer. Pourquoi est-ce que je ne figure pas sur votre liste de suspects ? Vous avez sûrement une bonne raison ?
— Aucune. Puisque vous ne voulez pas me croire, tant pis pour vous. Au fait, est-ce vous qui l'avez tué ?
— Non...
Elle tressaillit.

— Ne vous méprenez pas sur mes sentiments, Mr. Archer. Je n'éprouve aucune douleur, aucune peine. Je ne sais pas ce que je ressens exactement. Même pas du soulagement. Je ne regrette pas ce qui lui est arrivé. Don était un être ignoble... D'un autre côté... Moi aussi, j'ai des choses à me reprocher.

— Ne parlez pas ainsi devant la police. Ce sont des gens simples, qui ne comprendraient pas les états d'âme d'une femme d'un certain milieu. Si jamais ils vous entendaient, vous coucheriez en prison. Ce qui me fait penser... Vous aurez besoin d'un alibi. En avez-vous un ?

— Pour quel moment ?

— Depuis minuit.

— Je n'ai pas bougé d'ici.

— Vous étiez seule ?

— Oui. Ça fait plus d'une heure que j'écoute de la musique. Avant cela, j'en ai passé près d'une autre à ramasser mes perles sur la véranda. J'avais tiré trop fort sur mon collier. Je les ai récupérées presque toutes et ensuite je les ai jetées à la poubelle, Mr. Archer. Vous ne trouvez pas que je suis idiote ? Folle, même ? Don m'a souvent traitée de folle. Il avait peut-être raison...

— Sûrement pas. A mon avis, Mrs. Kerrigan, vous êtes simplement une femme qui a beaucoup souffert.

Je m'approchai du divan et m'assis à côté d'elle.

— Je n'ai pas besoin de votre pitié, dit-elle d'une voix sourde. Je n'ai pas l'habitude qu'on m'en témoigne. Savez-vous, Mr. Archer, que, pour un peu, je regretterais de ne pas l'avoir tué. Cela m'aurait rendu mon respect de moi-même...

— Encore une chose à ne pas dire devant la police.

— Peu m'importe. D'ailleurs, je ne vous cache pas que l'idée m'en est venue. Ce soir même. Il m'avait quittée... Oui, Mr. Archer, il m'avait quittée... Vous ne pouvez pas comprendre ce que c'est pour une femme comme moi... Et, après son départ, j'ai eu une envie folle de le voir mort. Je me suis même vue en train de le suivre et de l'abattre dans le dos. Je l'aurais peut-être fait, si j'avais eu un revolver sous la main. Mais cela n'aurait pas servi à grand-chose, vous ne pensez pas ?...

Elle leva la tête, me regarda.

— Qui l'a tué, Mr. Archer ?

— Je l'ignore. La petite Summer se trouvait sur les lieux du crime...

— La petite garce brune ?

J'acquiesçai.

— Elle s'est enfuie dans une voiture volée, ajoutai-je, mais cela ne prouve pas qu'elle l'ait tué.

— Ce serait vraiment drôle si elle l'avait fait.

Elle ricana.

— Tué par la femme avec qui il voulait refaire sa vie. *Vita nuova*...

— Votre mari aurait fini assassiné tôt ou tard. Il était plongé jusqu'au cou dans une entreprise criminelle.

Elle fut debout en un instant.

— Don ? s'écria-t-elle. Vous devez sûrement vous tromper !

— Non, malheureusement. Et la petite Summer était sa complice, si cela peut vous consoler. Vous avez entendu parler de ce vol de camion ?

— Oui. Le shérif nous a rendu visite ce soir.

— Que voulait-il ?

— Je l'ignore. Je ne me trouvais pas dans la pièce pendant la conversation qu'il a eue avec Don. Mais j'ai entendu des éclats de voix. Ils ont eu une violente querelle. Apparemment, Don a réussi à convaincre son interlocuteur.

— Vous n'avez rien surpris de leur entretien ?

— Non. Lorsque Brandon... je veux dire le shérif Church était sur le point de partir, je lui ai demandé de quoi il s'agissait. Il m'a répondu que c'était au sujet du camion.

— Mais alors, il soupçonnait votre mari ?

— Non. Il semblait extrêmement fâché, mais il n'a porté aucune accusation contre Don.

— A quelle heure est-il venu ?

— Vers dix heures.

— Est-ce que vous vous appelez par votre prénom, vous et le shérif ?

— Oui. Nous nous connaissons de longue date. Brandon était un ami de la famille. Son père et le mien ne se quittaient pour ainsi dire pas.

— Si mes renseignements sont exacts, c'est un *self made man*.

— Oui. Son père était coiffeur. Malgré cela, mon père était très ami avec ce dernier...

Elle redressa fièrement la tête.

— Mon père était un homme merveilleux, Mr. Archer. Il croyait aux vertus de la démocratie. C'était aussi un être généreux. C'est lui qui a payé une partie des études de Brandon.

— Votre mari aurait-il pu se servir de cet argument pour convaincre Church qu'il n'était pour rien dans le vol du camion ?

Elle ne comprit pas tout de suite ma question. Quand elle en eut saisi le sens, une vive rougeur envahit ses joues.

— Certainement pas ! déclara-t-elle d'un ton indigné. Brandon n'est pas un homme à se laisser influencer par des considérations personnelles.

— Vous en êtes sûre ?

— Tout à fait sûre. Je connais Brandon.

— Et il vous est sympathique ?

— C'est peut-être beaucoup dire. Disons que j'éprouve de l'admiration pour lui, et que je respecte son intégrité.

— De l'admiration ? Pourquoi ?

— Il a commencé tout petit et c'est à la force du poignet qu'il s'est élevé à la position qu'il occupe. C'est le meilleur shérif que ce comté ait jamais eu. Et j'ai connu ses prédécesseurs, car père était juge à la Cour supérieure.

— Votre mari vous a-t-il parlé de sa querelle avec Church ?

— Non, il m'a dit que cela ne me regardait pas. Attitude compréhensible si, vraiment, il était impliqué dans ce crime.

— Il l'était.

— Je ne comprends pas comment vous pouvez l'affirmer avant autant d'assurance.

— J'ai eu un entretien avec la petite Summer, ce soir. Elle ne savait pas qui j'étais et elle en a dit plus qu'elle n'aurait dû. Elle, votre mari et un certain Bozey étaient complices dans cette histoire de camion volé. Ce Bozey, vous avez peut-être eu l'occasion de le voir, en compagnie de votre mari. C'est un tout jeune homme, aux cheveux roux, généralement vêtu d'une veste de cuir.

— Non, je ne le connais pas...

Mais, visiblement, mon argumentation l'avait secouée.

— Cela ne peut être vrai, Mr. Archer. Don et moi n'avons pas quitté le motel de la journée.

— De *toute* la journée ?

— De tout l'après-midi, en tout cas. Nous avons déjeuné, puis il a commencé à vérifier la comptabilité. Après, il s'est mis à boire dans son bureau. Il buvait beaucoup depuis quelque temps, Mr. Archer.

— Êtes-vous certaine qu'il lui a été impossible de quitter son bureau ?

— Aussi sûre qu'on peut l'être. Bien entendu, je ne me trouvais pas avec lui, ni ne le surveillais, mais je suis persuadée qu'il n'avait rien à voir avec l'assassinat de Tony Aquista.

— Permettez-moi de ne pas partager votre optimisme, Mrs. Kerrigan. Je ne prétends pas, certes, qu'il a personnellement tué Aquista, mais il n'en est pas moins responsable de ce crime.

— Vous voulez dire qu'il a préparé cet assassinat ?

— Je suis certain, en tout cas, que c'est lui qui a mis au point le vol du camion. L'assassinat d'Aquista en est la conséquence logique et ces deux crimes font partie d'un tout.

Elle poussa un profond soupir.

— Je n'aurais jamais cru... Je savais qu'il avait des ennuis, mais jamais je n'aurais pensé que ce fût aussi grave. Il aurait dû se confier à moi... J'aurais vendu la maison, j'aurais fait n'importe quoi pour l'aider.

— C'est un crime très complexe, Mrs. Kerrigan. Il y a dedans l'attrait d'un gain facile ; il y a aussi le côté sentimental. Votre mari et Jo projetaient de s'enfuir ensemble. Elle était très amoureuse de lui.

— Elle ?...

— A sa façon, oui. Elle comptait beaucoup sur l'existence facile qu'il lui avait promise. Ils devaient aller au Guatemala...

— Comment le savez-vous ? s'écria-t-elle.

— C'est Jo elle-même qui me l'a dit. Et elle ne mentait pas. Mais ce n'est pas la seule chose intéressante qu'elle m'ait apprise. Elle ne s'est pas expliquée très clairement sur l'autre point mais, si j'ai bien compris, Anne Meyer, elle aussi, serait impliquée dans l'histoire du camion. C'est de Tony Aquista qu'elle le tenait. D'après Tony, Anne aurait fait quelque chose qui aurait obligé les complices à changer leur plan initial.

— Anne Meyer ? Qu'a-t-elle pu faire ?

— Je l'ignore, Mrs. Kerrigan. J'espérais que vous pourriez jeter un peu de lumière sur cet aspect de l'affaire. Jo n'a pas terminé son histoire. Elle a commencé à se méfier de moi et, finalement, elle m'a faussé compagnie.

Ses yeux s'ouvrirent tout grands et elle demanda lentement, d'un ton prudent :

— Qu'est-ce qui vous fait croire que je saurais quelque chose au sujet d'Anne Meyer ?

— Vous avez beaucoup parlé d'elle au motel, Mrs. Kerrigan. N'oubliez pas que vous m'aviez presque engagé pour la surveiller.

— Je préfère ne plus penser à cela. J'étais folle de jalousie. Mais c'est fini, maintenant. Tout cela appartient au passé. De qui, de quoi serais-je jalouse ?

— Vous voulez dire qu'il est arrivé aussi quelque chose à Anne ?

— Mais non ! Seulement mon mari est mort, et il est difficile d'être jalouse d'un cadavre. De toute façon, je me trompais. Je soupçonnais Anne, alors que c'était cette... cette Jo...

— N'empêche, Anne a quand même été la maîtresse de votre mari...

— Oui, mais c'était fini entre eux. Je m'étais laissé induire en erreur... Don avait offert à Anne d'aller passer le week-end au pavillon que nous possédons sur les rives du lac Perdida. J'ai surpris leur conversation, au moment où il lui remettait les clés... Il n'avait pas le droit de le faire. Après tout, ce pavillon est à moi, c'est *ma* propriété ! C'est père qui l'avait fait bâtir et...

— Anne y est peut-être encore.

— Je ne crois pas. Don m'a affirmé qu'il y était passé.

— Rien ne prouve qu'il ait dit la vérité. Nous devrions vérifier. Le pavillon possède-t-il un téléphone ?

— Non. Il n'y a pas de téléphones privés dans ce village qui est plutôt isolé.

— M'autoriseriez-vous à m'y rendre pour procéder à une petite enquête ?

— Bien sûr, si vous pensez que cela peut vous mener à quelque résultat.

— Comment y va-t-on ?

Elle m'expliqua en détail le chemin que je devais suivre, puis déclara en achevant :

— Je vais vous donner les clés.

— Il y en a deux jeux ?

— Non, mais Don a rapporté celles qu'il avait prêtées à Anne. Apparemment, elle les y avait laissées.

— Si je comprends bien, Don a été absent toute la journée du lundi ?

— Oui. Il n'est rentré qu'à minuit passé.

— Et il vous a dit qu'il ne l'avait pas vue ?

Elle acquiesça.

— A votre avis, disait-il la vérité ?

— Je ne sais pas. Cela fait des années que je ne me suis pas posé cette question...

Elle quitta la pièce et revint quelques instants plus tard, tenant un trousseau de clés.

— Bonne chance, Mr. Archer, dit-elle en me le remettant.

— Je préférerais, Mrs. Kerrigan, que vous ne parliez de mon départ pour le pavillon à âme qui vive. Surtout à quelqu'un de la police.

— Vous faites sans doute allusion à Brandon Church ?

— Oui.

— Vous avez eu des ennuis avec lui, Mr. Archer ?

— Pire que ça. J'ai l'impression qu'il me déteste cordialement. J'avoue que je n'en comprends pas la raison. Au début, tout allait bien entre nous, puis, brusquement... C'est un ami à vous, vous le connaissez de longue date. Pouvez-vous expliquer son comportement ?

Elle secoua la tête.

— Tout ce que je sais, affirma-t-elle, c'est que c'est un honnête homme. Père avait une très haute opinion de lui...

Elle ébaucha un petit sourire.

— Êtes-vous sûr que Church seul est responsable de son attitude envers vous ?

— Je ne suis pas un petit ange, loin de là, mais quand même...

— Il vous en veut peut-être d'intervenir dans son enquête. Brandon est un être qui prend ses fonctions très à cœur... N'ayez crainte, je ne lui parlerai pas de vous...

Elle me tendit la main.

— J'ai confiance en vous, Mr. Archer. J'ignore pourquoi, mais j'ai confiance...

— Vous avez raison, et j'espère vous prouver prochainement que vous ne vous trompez pas. Mais à votre place, je ne ferais pas confiance à tous ceux qui vous entourent.

— Vous faites de nouveau allusion à Brandon, n'est-ce pas ?

— Entre autres...

Un bruit de moteur nous parvint de la rue. Kate Kerrigan alla à la fenêtre et jeta un coup d'œil dehors.

— Quand on parle du loup..., fit-elle.

Je regardai par-dessus son épaule. La Mercury était arrêtée devant la porte et Church en descendait. Un homme le suivait. Braga. Je pris congé de Mrs. Kerrigan et sortis par la porte de service au moment où ils sonnaient. La nuit était fraîche et je frissonnai en montant en voiture.

Je parcourus une dizaine de kilomètres avant de trouver un gîte — un camp pour touristes — où ni le shérif ni ses adjoints n'auraient eu l'idée de me chercher. On me donna une chambre petite mais propre. Malgré cela, je passai une nuit agitée de cauchemars.

15

Situé a une altitude de près de deux mille mètres, le lac Perdida avait été créé artificiellement lors de la construction d'un barrage. La matinée était plutôt avancée lorsque j'atteignis enfin le dernier col.

La route suivait les contours du lac dont les eaux bleues scintillaient à ma gauche. A ma droite, il y avait plein de pavillons, tous fermés. J'arrivai enfin à une station-service qui, elle, avait l'air ouverte et klaxonnai. Personne ne sortit du petit bâtiment. Je mis pied à terre et allai jusqu'à la porte. Une feuille de papier était fixée au battant au moyen d'une punaise rouillée. Je lus :

Suis descendue dans la vallée. Si vous voulez de l'eau ou vérifier la pression, servez-vous. Si c'est pour de l'essence, patientez. Serai de retour à dix heures.

Je consultai ma montre. La pompiste était en retard.

Je remplis mon réservoir d'eau et me remis en route. A moins d'un kilomètre de là, je vis, clouée à un pin, une pancarte disant : *Aux sapins verts. Propr. Craig, Las Cruces.* Au-dessous on en avait fixé une autre portant les mots : *Mr. J. Donald Kerrigan.*

Le pavillon, bâti sur la pente, était caché par un écran d'arbres. Je descendis de voiture et me dirigeai à pied le long d'un petit sentier. De taille respectable pour ce genre de bâtiment, le pavillon était d'un style indéterminé, mi-suisse, mi-américain. Arrivé sur la véranda, je jetai un coup d'œil à l'intérieur par une fenêtre aux vitres poussiéreuses. J'aperçus une peau d'ours étendue sur le plancher ainsi que quelques fauteuils.

Je pris le trousseau de clés que m'avait donné Mrs. Kerrigan et ouvris la porte. A l'intérieur, ça sentait le renfermé, le tabac froid et l'alcool. Je trouvai plusieurs cendriers remplis de mégots, la moitié portant des traces de rouge à lèvres. Sur la table, je découvris deux verres. Une femme avait bu dans l'un d'eux.

J'allai jusqu'à la cheminée et touchai les cendres. Froides. Au moment où je me redressais, j'aperçus quelque chose entre les poils de la peau d'ours. Une épingle à cheveux. Continuant mes recherches, j'en trouvai une autre, un peu plus loin. Les yeux morts de l'ours semblaient me narguer.

Je procédai à une inspection des chambres à coucher. J'allai d'abord dans un dortoir commun, où il y avait une demi-douzaine de couchettes le long des murs. On ne devait guère se servir de ce dortoir, à en juger par l'épaisse couche de poussière qui recouvrait le plancher. Une des deux chambres à coucher privées semblait, elle aussi, abandonnée depuis des mois. En revanche, on avait dû dormir récemment dans la seconde, car le lit était défait.

Je ne trouvai ni vêtements ni valise dans les placards, mais il y avait un certain nombre d'objets de toilette sur une petite table rustique : un étui à manucure, un pot de cold cream, des lunettes de soleil ainsi qu'une dizaine d'épingles à cheveux, pareilles à celles que j'avais ramassées en bas. Dans la salle de bains attenante, je trouvai une brosse à dents et un tube de pâte dentifrice.

La cuisine était grande et accueillante. Je découvris quelques spaghettis au fond d'une casserole d'où s'envola un essaim de mouches. La table avait été mise pour deux. Les assiettes étaient sales et une bouteille de vin vide trônait au milieu.

Je quittai la cuisine par la porte de derrière. Appuyées contre le mur du pavillon, je trouvai plusieurs piles de bûches. La véranda était meublée d'une table et de trois chaises.

Je rentrai, jetai un dernier coup d'œil à la peau d'ours, puis remontai dans ma voiture et, faisant demi-tour, pris la direction de la station-service.

Elle était ouverte, maintenant, et je fus accueilli par une femme aux cheveux gris, vêtue d'un bleu de travail et coiffée d'un feutre d'homme qu'elle avait orné d'une fleur artificielle.

— Bonjour, monsieur, dit-elle en voyant que je m'arrêtais devant elle. Vous voulez de l'essence ?

— Donnez-m'en quarante litres.

Je descendis de voiture pendant qu'elle commençait à pomper. Tout en repoussant en arrière son vieux feutre, elle leva la tête et demanda :

— Vous êtes de Los Angeles ?

— Oui.

— Vous êtes mon premier client aujourd'hui.

— La saison est sur le point de se terminer, n'est-ce pas ?

— Pour moi, elle est tout à fait finie. Je ferme cette semaine et je vais m'installer dans la vallée avant les premières neiges. Le vieux Mac qui tient l'auberge est le seul à rester ici durant tout l'hiver. Si ça lui plaît...

Elle haussa les épaules puis regarda le compteur.

— Ça fait trois cinquante.

Je lui tendis un billet de dix dollars. Tout en me rendant la monnaie, elle poursuivit :

— Il vient pas mal de touristes de L.A. ici, pendant les mois d'été. Qu'est-ce qui vous amène si tard ?

— Petit voyage d'affaires... Je suppose que vous avez beaucoup de gens de la vallée qui viennent passer ici leurs vacances ou leurs week-ends ?

— Sûr. Il fait bien frais, dans la montagne, durant l'été, tandis qu'on crève de chaleur à Fresno, à Bakersfield ou à Las Cruces. Moi-même, je passe mes hivers à Fresno. J'ai un fils qui termine ses études secondaires.

— Ah oui ? fis-je, pour dire quelque chose.

— Oui, Ralph est un brave garçon. Il m'aime bien, malgré que des tas de gens disent du mal de moi. Il respecte sa mère. Et il n'a pas peur de mettre la main à la pâte. Il m'a aidée à tenir ma station-service pendant au moins deux mois, cette année. Oui, c'est un brave garçon. Pas comme d'autres jeunots qui, à son âge, ne pensent qu'à la vie facile et aux filles.

— Ça fait plaisir d'entendre parler d'un gars comme ça, déclarai-je de mon ton le plus sincère. D'autant plus que c'est surtout à l'autre espèce que j'ai souvent affaire.

— Ah ? fit-elle, curieuse.

— Je suis détective.

— Vraiment ? Ce doit être bien intéressant, votre métier. Le père de Ralph, Mr. Devore, était agent de police avant... avant de faire autre chose...

Elle me jeta tout à coup un regard méfiant.

— Vous cherchez quelqu'un, monsieur ?

— Vous avez deviné.

— Il n'y a plus personne ici, sauf le vieux Mac, les bûcherons et moi. D'ailleurs, l'auberge est fermée en hiver, Mac se repose...

Elle s'interrompit et dit d'un ton anxieux :

— Ce n'est pas pour Ralph ? Il n'aurait pas fait quelque chose de mal, des fois ?

— Non, rassurez-vous. Je suis ici à cause d'une jeune femme du nom d'Anne Meyer. J'ai une photo d'elle...

Je lui montrai l'épreuve.

— Ouais, fit-elle en me la rendant. Je m'en suis toujours doutée. Je savais qu'il lui arriverait quelque chose de ce genre.

— Vous la connaissez ?

— Plutôt. Elle est venue plus d'une fois ici en compagnie de cette espèce d'embusqué qu'a épousé Katie Craig.

— Kerrigan ?

— Ouais. Un embusqué et un homme à femmes...

Elle prit un air sévère.

— Est-ce que Katie a finalement décidé de divorcer ?

Je répondis par l'affirmative, estimant que je n'avais pas à lui en dire davantage.

— C'est pas trop tôt, fit-elle. J'ai connu Katie Craig depuis qu'elle m'arrivait aux genoux. C'était une brave fillette, mais tellement naïve. Peut-être qu'on ne l'a pas élevée comme il fallait. Non que je veuille critiquer le vieux juge, mais c'est pas commode d'élever une fille comme Katie. Elle était fiancée avec Talley Raymond, de San Francisco, mais le pauvre garçon s'est fait tuer pendant la guerre et ça a porté un sacré coup à Katie. Alors, pour oublier, elle s'est mariée avec le premier venu, et elle a eu la déveine de tomber sur un salaud. Quand je pense à ce Kerrigan, j'en ai mal au ventre pour elle. Et ce Kerrigan, vous savez ce qu'il fait ? Il transforme le pavillon du juge en véritable nid à concubines... Tenez, ça me fait mal au ventre, répéta-t-elle avec une indéniable conviction.

Ayant ainsi vidé son cœur, elle me reprit la photo d'Anne Meyer et l'examina une fois encore avec le plus grand mépris.

— Quand l'avez-vous vue pour la dernière fois ? lui demandai-je.

— Je crois que c'était lundi. Elle a passé le week-end ici. Pour la première fois cette année. J'ai été bien surprise de la voir.

— Pourquoi ?

— Parce que Mr. Kerrigan a une nouvelle petite amie, voilà pourquoi ! s'écria-t-elle avec une vertueuse indignation. L'année dernière, Kerrigan et Miss Meyer rappliquaient tous les week-ends, au point qu'il m'arrivait de rougir. Je me suis souvent demandé si la petite Katie était au courant. Une fois, j'ai même songé à lui écrire une lettre anonyme.

— Je m'intéresse beaucoup à ses faits et gestes durant le week-end dernier.

— Eh bien, elle est arrivée ici samedi après-midi et m'a demandé de l'eau. Moi, j'ai eu drôlement envie de lui dire qu'il y en avait suffisamment dans le lac, et qu'elle n'avait qu'à y plonger, la tête la première. Mais je me suis contenue, car j'ai pensé à Ralph. Il n'aurait pas aimé que sa pauvre vieille mère traite mal des clients. Il m'a souvent dit que je devais « soigner mes relations publiques ». Moi, j'ai pas très bien compris ce qu'il voulait dire, mais il me l'a expliqué, alors maintenant, il m'arrive de tenir ma langue.

— Quelle voiture conduisait-elle ?

— Une Chrysler noire, décapotable. Dieu seul sait où elle a trouvé l'argent pour se la payer. Je devrais plutôt dire le diable.

— Était-elle seule ?

— Une fois n'est pas coutume. Oui, elle était seule. Mais elle était vêtue et maquillée comme si elle allait rencontrer un homme.

— Et Kerrigan est venu la rejoindre ?

— Je les ai vus ensemble lundi. Je ne l'ai pas vu arriver, cet embusqué, mais il l'attendait peut-être déjà au pavillon. J'avais mieux à faire, durant le week-end, qu'à les espionner, ces suppôts de Satan. Seulement lundi, j'ai pas pu m'empêcher de les voir. Je revenais de la pêche, et je les ai croisés sur la route. Ils se dirigeaient vers l'auberge.

— Vous en êtes sûre ?

— Puisque je vous le dis ! En tout cas, il y avait une femme avec lui. J'ai pas bien vu le visage, car elle portait un chapeau, mais ça pouvait être personne d'autre.

— Seriez-vous prête à le jurer ?

— Si Katie en a besoin pour divorcer, oui, répondit-elle d'un ton décidé.

— Êtes-vous certaine que ce n'était pas Mrs. Kerrigan elle-même ?

— Ça oui, j'en suis certaine. Je reconnaîtrais la petite Katie avec un sac sur la tête. C'était celle-là !

Et elle indiqua la photo. Je la lui repris.

— Était-ce elle qui conduisait ? poursuivis-je.

— Non, c'est lui. Elle, elle était adossée à son siège, le visage tourné dans le coin. C'est pour cela que je ne l'ai pas bien vue.

— Mrs. Devore... c'est bien votre nom, n'est-ce pas ?...

— Ouais !

— Cette femme que vous avez vue en voiture, avec Kerrigan, était-elle vivante ?

Elle releva vivement la tête.

— En voilà une question à poser !

— Pouvez-vous y répondre ?

— Ben... A vrai dire, non. Je ne l'ai vue ni bouger ni parler, mais elle m'a pas semblé morte. Pourquoi ?

— Nous sommes vendredi, or personne n'a vu Miss Meyer depuis lundi. A moins que... Vous ne l'auriez pas aperçue, depuis ?

— Non... Dites-moi, qu'est-ce que c'est que cette histoire ?

— Un crime. Et ce n'est pas le seul. Il y a, dirait-on, une véritable épidémie à Las Cruces.

— Seigneur Jésus !

Elle s'essuya les mains sur son bleu de travail.

— Peut-être que Ralph avait raison, après tout...

— A propos de quoi ?

— A propos du gars qu'est venu ici samedi. Il a frappé à notre porte vers les dix heures du soir. Il voulait téléphoner. On lui a dit qu'on n'en avait pas, de téléphone, vu que le seul qui existe ici est celui du Service des Forêts. Mais le bonhomme ne voulait pas le croire. Il s'est fâché tout rouge et il m'a prise à partie. Il m'a accusée de lui refuser l'accès de mon téléphone sous prétexte qu'il était mexicain. Je lui ai dit qu'il m'embêtait et que je n'avais rien contre les Mexicains. Mais là aussi, il a refusé de me croire.

— Comment était-il ?

— Eh bien, il avait une tête de Mexicain, mais il parlait anglais aussi bien que vous et moi. Il avait un teint bistre et des cheveux noirs et crépus. Et ses yeux ! Si vous aviez vu ses yeux ! Je n'en ai jamais vu qui lancent de telles flammes. Il les roulait comme un fou. C'est d'ailleurs ce que Ralph a ensuite affirmé. Heureusement qu'il était là, Ralph. Il a pour ainsi dire mis le gars à la porte.

— Était-il de grande ou de petite taille ?

— Comparé avec vous ou Ralph, il était plutôt petit, mais bien bâti. Malgré ça, il voulait se bagarrer avec Ralph.

— Que vous a-t-il exactement déclaré ?

— Eh bien, il a dit qu'il avait un important coup de fil à passer et il nous a demandé la permission de se servir de notre téléphone. Je lui ai répondu sûr, si on en avait un, ce serait avec plaisir. C'est alors qu'il a commencé à m'insulter. Sur quoi, Ralph est intervenu, l'a pris au collet et l'a traîné jusqu'à sa voiture. Lui, il gueulait après Ralph en espagnol. Lorsqu'il est revenu Ralph m'a dit qu'heureusement je ne comprenais pas cette langue, vu qu'il avait vraiment un langage de charretier, le Latino. Et puis il a ajouté qu'à son avis le gars était dangereux, qu'il était sûrement fou. Ralph s'intéresse à la psychologie, vous savez. Il prétend qu'on peut reconnaître un cinglé à son regard. C'est pas ce fou-là que vous recherchez, des fois ?

— Si c'est celui auquel je pense, je l'ai déjà trouvé hier.

— Et il a commis un crime ?

— Il a été impliqué dans un crime.

— Comment s'appelle-t-il ?

— Tony Aquista... Pour en revenir à lundi après-midi, Mrs. Devore, vous disiez que Kerrigan conduisait ?

Elle acquiesça.

— Quelle voiture ? La sienne ou celle de la dame ?

— La Chrysler noire.

— Et le patron de l'auberge ?

— Le vieux MacGowan ?

— Oui. Les a-t-il vus, plus tard ?

— Je ne sais pas. Depuis le mois dernier, on ne se parle plus.

Elle eut une moue de mépris.

— On s'est fâchés depuis que j'ai appris que sa

petite-fille sortait avec Kerrigan. Le vieux Mac est d'ailleurs complètement cinglé. Il ne sait pas très bien ce qu'il fait.

— Et sa petite-fille, c'est la nouvelle amie de Kerrigan dont vous m'avez parlé ?

— Ouais. C'est avec Kerrigan qu'elle est partie pour Las Cruces le mois dernier et, depuis, je ne l'ai plus revue.

— Je crois connaître son nom... Jo Summer, n'est-ce pas ?

— Pour le prénom, c'est bien Josephine, comme vous dites. Mais pour le nom, elle s'appelle MacGowan, comme le vieux Mac.

— Et le vieux, le trouverai-je à l'auberge ?

— Probablement. Il n'en sort jamais, d'ailleurs. Un vieil ours, voilà ce qu'il est.

Je la remerciai et ouvris la portière de ma voiture.

— Dites, monsieur, que se passe-t-il au juste à Las Cruces ? demanda-t-elle d'une voix anxieuse. Il n'est rien arrivé à Katie Craig ?

— Pas que je sache. Mais il est arrivé malheur à son mari. Il est mort.

— C'est lui qui s'est fait assassiner ?

— Lui et quelques autres encore.

— Mon doux Jésus ! Dites, Katie Craig n'y est pour rien ? C'est pas elle...

— Non, rassurez-vous.

— Dieu soit loué ! J'ai toujours eu un grand faible pour la petite Katie, bien que ça fasse près de deux ans que je ne l'aie pas vue. En un sens, ça vaut mieux. Lorsque je la voyais, elle semblait tellement malheureuse...

16

L'auberge du vieux Mac était une vieille bâtisse à moitié croulante aux volets fermés. Construite sur une pente comme la plupart des habitations du village, elle était surplombée par une impressionnante montagne couverte d'arbres.

Je m'arrêtai devant la véranda rustique, descendis, et contournai le bâtiment, me dirigeant vers la porte de derrière. Un écureuil gris sauta au-dessus de ma tête, s'agrippa à une branche et disparut. Un geai m'accueillit d'un cri perçant. Je lui dis de fermer sa grande gueule et continuai mon chemin.

Un homme à barbe grise s'avança à ma rencontre et s'immobilisa à deux mètres de moi, une main posée sur un tronc d'arbre. Le geai fit entendre un nouveau cri. L'homme éclata de rire et se lissa la barbe.

— Mr. MacGowan ? m'enquis-je.

— En personne...

A moitié cachés par des sourcils broussailleux, ses yeux étaient ceux d'un jeune homme.

— A qui ai-je l'honneur ?...

— Archer. Lew Archer. Je suis détective privé et je coopère actuellement avec la police sur une affaire de disparition.

— Disparition ?...

Il avait prononcé le mot en roulant l'« r », comme tout bon Écossais qui se respecte.

— Oui, précisai-je. Une femme de Las Cruces.

— Ah ?

Il se gratta le nez.

— Pas Josephine, par hasard ?

— Qui est Josephine ? demandai-je innocemment.

Une lueur de méfiance brilla dans ses yeux.

— A vrai dire, déclara-t-il lentement, je ne vois pas en quoi cela peut vous regarder.

— Comme vous voulez, fis-je, conciliant. Non, le nom de la personne disparue est Anne Meyer. Mrs. Devore l'a vue samedi, devant sa station-service, et elle m'a dit que vous pourriez peut-être m'aider.

— Mrs. Devore se mêle d'un tas de choses qui ne la regardent pas, répliqua-t-il, bourru. Sans compter que c'est une sacrée menteuse. De toute façon, je ne vois pas en quoi cela peut m'intéresser.

— Elle a revu cette femme lundi, dans une voiture, avec Don Kerrigan. Ils ont pris, paraît-il, la direction de votre auberge. Au fait, est-ce que vous connaissez Kerrigan ?

— Ouais, fit-il, l'air sombre. C'est exact, je les ai vus tous les deux lundi. Ils ont dépassé l'auberge et sont allés plus loin, vers les bois.

— Est-ce que vous pourriez me donner le signalement de cette femme ?

Il hocha la tête.

— A vrai dire, répondit-il, je ne l'ai pas vue de très près. Sauf erreur, c'était une jeune femme. Elle portait un vêtement foncé, un tailleur marron, je crois, et puis un drôle de chapeau qui lui cachait la moitié du visage. Elle avait, je pense, les cheveux foncés.

— Vous avez remarqué tous ces détails pendant que la voiture passait devant votre auberge ?

— Non, à vrai dire.

— Alors ?

Il réfléchit, comme s'il craignait de s'aventurer sur une pente glissante.

— Écoutez, dit-il enfin, je vais être franc avec vous. Kerrigan et moi, on n'est pas en bons termes. Il m'a joué un tour de cochon. En le voyant passer, je me suis dit : voilà une occasion de tirer les choses au clair. Il faut vous préciser qu'en voiture il ne pouvait pas aller bien loin. La route se termine pas loin d'ici. Je l'ai donc suivi. Lentement, car — vous avez peut-être remarqué que je boite — je me suis brisé une hanche, il y a des années de cela, et je ne m'en suis jamais complètement remis.

Je tirai la photo d'Anne Meyer et la lui montrai.

— Était-ce elle qui accompagnait Kerrigan ? demandai-je.

— Peut-être bien, répondit-il lentement. Peut-être que non. Je vous ai déjà dit que je n'ai pas eu l'occasion de la voir de près. C'est Kerrigan qui m'intéressait, pas elle. En arrivant au sommet de la colline, derrière les étables, je les ai aperçus entre les arbres. Ils n'étaient pas loin du réservoir d'eau et paraissaient occupés à creuser un trou.

— Pardon ?

— Vous m'avez bien entendu. Ils étaient en train de creuser un trou.

— Quel genre de trou ?

— Un trou tout ce qu'il y a d'ordinaire. Je me suis dit qu'ils avaient peut-être tué un daim — illégalement, car la chasse n'est pas ouverte — et qu'ils tentaient de l'enterrer. Je leur ai crié qu'ils étaient sur une propriété privée et qu'ils n'avaient pas le droit de creuser. J'ai agi en idiot, car j'aurais dû arriver en catimini, ça leur aurait fait bien plus d'effet. Mais je deviens vieux, alors je me fâche plus facilement que dans le temps. Bref, j'ai crié... Vous auriez dû voir Kerrigan ! Il a littéralement sauté en l'air et a couru vers la voiture, la femme sur ses talons. Leur bagnole était garée de l'autre côté du réservoir et je n'avais pas une chance sur mille de les rattraper, même si j'avais eu mes jambes de vingt ans. Mais l'aventure m'a quand même rapporté quelque chose... Une belle bêche...

Il se lissa la barbe.

— Vous voulez la voir ?

— Je préférerais voir le trou. On peut y aller en voiture ?

— Sûr. Mais je vous préviens qu'il n'y a pas grand-chose à voir. C'est un trou tout ce qu'il y a d'ordinaire. Évidemment, si vous n'avez jamais vu de trou...

Il se mit à rire.

— J'en ai déjà vu pas mal dans ma vie, répliquai-je, mais celui-là est peut-être plus intéressant que les autres.

— Moi, dit-il, je veux bien vous accompagner. Ça me fera toujours une petite balade en auto.

La route s'arrêtait effectivement à deux ou trois cents mètres de l'auberge. Nous dépassâmes des étables et atteignîmes le réservoir d'eau. Là, nous dûmes descendre et effectuer le reste du parcours à pied.

— Voilà, déclara triomphalement MacGowan en s'arrêtant et en indiquant le sol du doigt.

Le trou était long de moins de deux mètres, large de soixante centimètres. Il me fit penser à une tombe, mais la profondeur n'y était pas — trente centimètres à peine. Je sautai au fond et tâtai la terre. Elle était dure, on n'avait pas creusé plus loin.

— Je vous ai prévenu que ce serait banal, dit MacGowan en me voyant remonter, l'air un peu déconfit. Je me demande ce qu'ils fabriquaient, ces deux-là... Vous ne pensez pas qu'ils cherchaient un trésor, des fois ?

— Qui est-ce qui creusait ? demandai-je au vieux.

— Elle, la femme.

— Et lui, ne la tenait-il pas sous la menace d'un revolver ou d'autre chose ?

— Pas à ma connaissance. Il en avait peut-être un dans sa poche, mais je ne l'ai point vu. Il se tenait à l'endroit précis où je suis, les mains dans les poches. C'est bien de lui, ça ! Laisser une femme travailler pendant qu'il ne fiche rien de ses dix doigts.

— Lorsqu'ils se sont sauvés, était-il en tête ?

— Ouais. Je parie qu'il n'a jamais couru aussi vite.

Elle avait de la peine à le suivre. Elle est même tombée, tellement elle se dépêchait.

— A quel endroit ?

— Je vais vous le montrer.

Nous parcourûmes une cinquantaine de mètres et arrivâmes devant un enchevêtrement de broussailles.

— Ici même, déclara MacGowan. Elle a dû se prendre le pied dans une racine. Lui, il était déjà dans la bagnole. Il ne s'est même pas dérangé pour l'aider, le cochon !

— J'ai l'impression que vous n'éprouvez pas beaucoup de sympathie pour Kerrigan, Mr. MacGowan.

— Et je ne m'en cache pas ! s'écria-t-il.

— Que vous a-t-il fait ?

— Je préfère ne pas en parler avec un étranger, si cela ne vous fait rien. Affaire de famille, vous comprenez, concernant ma petite-fille. Elle est toute jeune, même pas majeure...

Il s'arrêta, voyant que je ne l'écoutais que d'une oreille. Mon regard avait été attiré par un objet qui tranchait sur la verdure environnante. Je me penchai et le ramassai. Un talon de femme, qui s'était pris entre deux pierres. Un talon de taille moyenne, à la semelle de caoutchouc et recouvert de cuir marron.

— On dirait qu'elle a perdu un talon, commenta MacGowan. J'ai remarqué qu'elle boitillait, après s'être relevée.

— Et où sont-ils allés ?

— Ils ont dû descendre vers le village. Il n'y a pas d'autre route.

Je regardai une fois encore le talon que j'avais ramassé, puis le glissai dans ma poche.

17

J'accompagnai MacGowan jusqu'à l'auberge. A ma grande surprise, il m'invita à prendre une tasse de thé. Il habitait un petit chalet, au fond du jardin. J'acceptai sans hésiter.

Pendant qu'il passait à la cuisine, pour mettre de l'eau à bouillir, je parcourus du regard son living-room. Atmosphère nettement européenne. De vieux numéros de *Punch* étaient empilés sur une petite table. Aux murs, le vieux avait fixé des photos découpées dans l'*Illustrated London News*. Il y avait, dans la pièce, au moins une demi-douzaine de pots à tabac et la plus belle collection de pipes que j'eusse jamais vue. Une photo encadrée, posée sur le bureau, attira mon attention. Elle représentait un homme musclé, en manches de chemise. Il avait passé la main autour de la taille d'une femme assez forte. Tous deux souriaient. Ils se tenaient devant une maisonnette modeste, leurs vêtements l'étaient tout autant, malgré cela ils paraissaient heureux. J'examinai l'homme de plus près et reconnus MacGowan, quarante ans et la barbe en moins.

Le vieux sortit de la cuisine.

— Ça ne va plus tarder, déclara-t-il. Asseyez-vous donc, Mr. Archer.

— Vous êtes très aimable.

— Tout le plaisir est pour moi. C'est rare que j'accueille un visiteur ici. Ça fait un bon mois que personne n'est venu chez moi et, depuis la mort de ma vieille, il m'arrive de me sentir seul.

Il indiqua la photo.

— La voici, avec moi. J'étais drôlement costaud, à l'époque !

— Et vous restez ici tout l'hiver ?

— Oui.

— Moi, je ne pourrais pas tenir. Je hais la solitude.

Il s'assit lourdement dans un vieux fauteuil dont les ressorts gémirent.

— Il y a solitude et solitude, Mr. Archer, déclara-t-il. Il y en a une qui est insupportable, d'accord. Mais l'autre... Si vous avez choisi de vivre seul, eh bien c'est que cela vous chante, pas vrai ? Et puis, la solitude repose, après une existence bien remplie. Je peux dire qu'elle l'a été, la mienne. Tenez, j'ai quitté Glasgow comme mousse et je suis venu en Amérique. Après, j'ai été garçon de ferme dans le Manitoba et mineur dans le Nevada, puis aux mines de Traverse. Avant de venir m'installer ici, j'ai été concierge à San Berdoo. Faut vous dire que je n'ai jamais aimé la ville. La seule qui m'a plu c'était Traverse. Pendant des années, j'y suis allé passer mes vacances.

— Je n'ai jamais entendu parler de Traverse. Est-ce en Californie ?

— Ouais, mais pas loin de la frontière du Nevada...

De nouveau, il indiqua la photo.

— C'est à Traverse qu'on a été photographiés, la vieille et moi. A l'époque, la ville comptait au moins mille habitants. Maintenant, c'est une cité abandonnée, une ville-fantôme. La mine de cuivre est épuisée.

— Et vous n'avez plus de famille ? demandai-je dans l'espoir qu'il remettrait la conversation sur sa petite-fille.

— J'avais un fils, répondit-il. Il serait aujourd'hui de votre âge. Il a été tué dans un accident à Terminal Island. Comme il travaillait dans les chantiers navals, on ne l'a pas mobilisé durant la guerre, mais ceci ne l'a pas empêché de se faire tuer. Je ne le voyais guère, d'ailleurs. On était plutôt en froid depuis qu'il s'était collé avec la petite Philippine... Au fond, ce n'est pas la faute de Jo si elle a un caractère un peu bizarre. Sans compter que sa mère s'est remariée plus tard avec un autre Philippin. Alors, au lieu d'aller en classe, elle a fait l'école buissonnière.

— Vous parlez de votre petite-fille ?

— Oui. Elle vit actuellement à Las Cruces. Vous la connaissez, peut-être ?

— Il se peut... Quel est son nom ?

— J'ai oublié son nom de femme mariée, mais je sais qu'elle se fait appeler Jo Summer. Un nom de scène, vous comprenez ? Elle veut devenir chanteuse. Vous l'avez peut-être entendue chanter dans une boîte de Las Cruces, *La Pantoufle de Vair* ?

— Non, mais je connais cette boîte.

— Qu'est-ce que vous en pensez, de *La Pantoufle* ? demanda-t-il en se penchant vers moi. J'ai l'impression, moi, que ce n'est pas quelque chose de très sérieux.

— Non, en effet, convins-je.

— C'est ce que je lui ai dit, déclara-t-il. Je lui ai aussi dit que ce n'était pas bien pour une femme mariée de chanter dans une boîte. En tout cas, pas avec un patron comme Kerrigan. Mais elle n'a pas voulu m'écouter. Elle est jeune, et moi je suis vieux. On n'est pas de la même génération, alors forcément on ne s'entend pas très bien. Je ne suis peut-être qu'un vieil idiot, mais il m'arrive de me faire du souci pour la petite. Comment se portait-elle, lorsque vous l'avez vue ?

Je n'eus pas à répondre, heureusement, car la bouilloire se mit à chanter à la cuisine et MacGowan se leva. Il revint avec un pot et des tasses, du lait et du sucre. Il savait faire le thé et je le lui dis.

Il se rengorgea et m'en proposa une autre tasse, que j'acceptai.

— Vous devriez l'entendre chanter, Jo, dit-il tout à coup. C'est pas du jazz, mais des vieilles chansons écossaises, comme *Annie Laurie*, ou *Comin' through the Rye*. Ces chansons, je les lui ai apprises alors qu'elle n'était qu'une gosse. Eh bien, figurez-vous qu'elle me les a chantées, la dernière fois qu'elle est venue ici.

— C'était quand ?

— Il y a un mois environ. Oui, c'est ça. On était le 1er septembre ! Elle avait son mari avec elle...

Ses yeux scrutèrent les miens.

— Vous le connaissez peut-être aussi ? Je ne me souviens pas de son nom.

— Comment est-il ?

— A vrai dire, il m'a été tout de suite antipathique. C'est un petit rouquin...

— Bozey ?

— C'est cela même, fit-il en claquant les doigts. Vous le connaissez, alors ?

— Pas très bien.

— Quel genre de gars est-ce ?

Il reposa sa tasse.

— Je vais vous expliquer pourquoi je vous demande ça. A mon avis, il ne se conduisait pas comme un jeune homme bien devrait se conduire en voyage de noces.

— C'était leur voyage de noces ?

— C'est du moins ce qu'ils m'ont dit, encore que j'en doute. A vrai dire, c'est pénible de l'avouer devant un étranger, mais je me suis demandé s'ils étaient vraiment mariés. Il ne la traitait pas avec respect, vous comprenez. Est-ce qu'ils s'entendent bien ?

— Je l'ignore, mais je sais que Bozey est un garçon qui a le sang chaud. Vous voyez ces marques à ma tempe ?

— Faudrait être aveugle pour ne pas les voir. Mais je n'ai pas voulu y faire allusion avant que vous n'en parliez le premier.

— Eh bien, c'est à Bozey que je les dois.

— Ah ? Avec son coup-de-poing américain ?

— Ne me dites pas qu'il a tenté de vous attaquer, vous aussi ?

— Il n'en a pas eu l'occasion, fit MacGowan en serrant les poings. Mais je les ai mis à la porte, lui et Jo, avant qu'il ait eu le temps de faire un malheur.

— Comment est-ce arrivé ?

— Eh bien, un jour ils étaient allés se promener, et j'ai eu l'idée d'ouvrir leur valise pour voir s'ils n'avaient pas de linge sale à laver, car c'était jour de lessive. Entre deux chemises, j'ai découvert un revolver... non, c'était un automatique, ainsi qu'un coup-de-poing américain. Ça m'a intrigué et j'ai continué de fouiller. Savez-vous ce que j'ai trouvé, tout au fond ?

— De l'argent ?

— Oui. Beaucoup d'argent, emballé dans de vieux journaux. De grosses coupures. Il y en avait sûrement pour des milliers de dollars. Alors, je me suis demandé où diable un jeune vaurien comme Bozey aurait pu gagner tout cet argent. Sans compter qu'avec tout ce qu'ils avaient, ils auraient pu s'offrir un chouette voyage de noces, au lieu de venir s'enterrer dans un trou perdu comme ici. Alors, lorsqu'ils sont rentrés, je lui ai posé des questions au sujet de l'argent, et du pistolet et du coup-de-poing américain.

— Vous n'aviez pas froid aux yeux, Mr. MacGowan.

— Oh, j'avais pris mes précautions. J'avais chargé mon fusil et je le tenais sur les genoux tout en lui parlant. Il était facile de deviner qu'il m'aurait volontiers sauté dessus, mais mon fusil le tenait en respect.

— Qu'a-t-il répondu ?

— Pas grand-chose. Il m'a traité de quelques noms pas très propres, puis il est monté à l'étage et a fait sa valise. J'avais commencé par mettre Jo à la porte, elle aussi, mais elle m'a supplié et je me suis laissé attendrir. Alors, elle est restée, et lui est parti...

Une certaine surprise se manifesta sur ses traits.

— Dites-moi, je ne comprends pas très bien. Je les croyais fâchés et vous me dites qu'elle est de nouveau avec Bozey.

— Plus ou moins.

— Mais c'est un bandit, ce garçon-là ?

— Plus ou moins. Vous a-t-il jamais parlé de ses antécédents, de ce qu'il faisait ?

— Guère. Il n'est resté chez moi que deux jours... Attendez, laissez-moi réfléchir. Il a parlé du Nouveau-Mexique, je crois. Oui, c'est cela. Il m'a dit qu'il avait des relations à Albuquerque.

— Quel genre de relations ?

— Des relations d'affaires. Il a parlé de commerce d'alcool, sauf erreur. Je dois vous avouer que je n'écoutais que d'une oreille, car je me disais qu'il devait sûrement mentir.

— Vous n'avez pas interrogé Jo, après son départ ?

— Si, mais elle ne savait pas grand-chose. Elle m'a affirmé qu'ils s'étaient rencontrés à Los Angeles, huit jours plus tôt. J'ai longuement essayé de la dissuader de retourner auprès de lui. Faudrait peut-être que j'aille la revoir. Elle m'aime bien, la petite, elle m'écoutera cette fois, vous ne pensez pas ?

— Ça dépend...

Je pris mon courage à deux mains.

— Mr. MacGowan, est-ce que vous avez le cœur solide ?

Il parut un peu étonné de ma question, puis se tapa sur la poitrine.

— Ma foi, oui... Pourquoi ?

— Votre petite-fille a des ennuis.

— Jo ? C'est sérieux ?

— Oui. On la recherche pour vol de voiture et on la soupçonne d'avoir trempé dans un meurtre. Kerrigan a été tué hier soir, et j'ai vu Jo quitter précipitamment les lieux du crime.

Il ne dit rien pendant un long moment. J'avais l'impression que son grand corps fondait dans le fauteuil. A la fin, il déclara :

— Vous me faisiez marcher, ce n'est pas gentil... Pourquoi ne pas m'avoir dit cela plus tôt ?

— Je ne voulais pas vous faire de la peine.

— Me faire de la peine ?

Il rit amèrement.

— Je savais que tôt ou tard Jo aurait des ennuis. J'ai fait ce que j'ai pu pour la tirer de là. Je suis allé à Las Cruces, et j'ai essayé de lui faire quitter et Kerrigan et cette maudite ville. Quand on a mené l'existence que j'ai menée...

Il eut un geste de la main qui balaya sa tasse et sa soucoupe. Elles tombèrent par terre et se brisèrent.

Je m'agenouillai et commençai à ramasser les débris. C'était le moins que je pusse faire. Il se pencha vers moi et demanda :

— Est-ce elle qui l'a tué ?

— Je ne sais pas.

— Vous m'avez dit qu'elle avait volé une voiture... Pourquoi l'a-t-elle fait, la petite sotte ? Je lui aurais donné de l'argent ! Je lui aurais donné tout ce que je possède.

— Elle avait surtout besoin d'un moyen de transport, Mr. MacGowan, et elle a pris ce qu'elle avait sous la main. Elle avait peut-être l'intention de venir ici.

Je levai la tête, le regardai.

— Non, fit-il, elle n'est pas venue me voir.

Je me redressai, posai les débris de porcelaine sur le bord de la table. Il les regarda mélancoliquement.

— On avait acheté ce service à Traverse, dit-il. Maintenant, il ne reste plus qu'une tasse et une soucoupe. La solitude...

Il se tut de nouveau, se gratta le nez.

— Et son mari est mêlé à l'affaire ?

— Bozey est également recherché. Il est en fuite. Il a attaqué un camion qui transportait du whisky. Le chauffeur a été tué.

— Un autre assassinat ?

— Oui. Vous ne savez pas où Bozey a pu se réfugier ?

Il secoua la tête.

— Et Jo ?

— Même si je le savais, je ne vous le dirais pas...

Il se leva.

— Et cette autre femme qui a disparu, celle qui a

perdu son talon ? Quel rôle joue-t-elle dans cette histoire ?

— C'est ce que je voudrais bien découvrir...

Je me levai à mon tour.

— Mr. MacGowan, je retourne à Las Cruces. Est-ce que vous voulez venir avec moi ?

— Merci, mais je préfère attendre un peu. Ensuite, je prendrai ma propre voiture. Conduire, ça m'éclaircit les idées.

— Si Jo revient ici, prévenez-moi. Vous pouvez me joindre par l'intermédiaire de Mrs. Kerrigan.

— Elle ne viendra pas, fit-il tristement.

Il m'accompagna jusqu'à la porte. Le soleil éclaira ses traits. J'avais l'impression que sa barbe et ses cheveux avaient blanchi en une heure.

18

En passant devant le pavillon des Kerrigan, j'aperçus une Ford rouge garée sur le bas-côté de la route. Mrs. Kerrigan était au volant. En me voyant, elle me fit de grands gestes. J'arrêtai mon tacot et rejoignis Mrs. Kerrigan à pied.

Elle était vêtue de noir et paraissait très élégante. Mais ses yeux étaient cernés et un léger tic agitait un coin de sa bouche.

— Je ne m'attendais pas à vous trouver ici, lui dis-je.

— Sally Devore m'a appris que vous étiez chez le vieux Mac. Comme vous deviez repasser devant le pavillon, j'ai décidé de m'arrêter ici.

— Vous voulez vos clés, sans doute ?

Je pris le trousseau et le déposai dans sa main gantée.

— A vrai dire, ce n'était pas pour cela mais, puisque nous sommes sur place, j'aimerais jeter un coup d'œil dans le pavillon. Voulez-vous m'accompagner ?

— A votre place, je n'en ferais rien.

— Pourquoi ? Elle se cache à l'intérieur ? J'ai frappé à la porte, mais on n'a pas répondu.

— Le pavillon est vide. Anne Meyer a disparu pour de bon.

— En tout cas, Don m'avait menti au sujet de lundi, puisque Mrs. Devore les a vus, tous les deux, ce jour-là.

— Elle n'est pas la seule. Le vieux MacGowan les a

également vus. En fait, il les a surpris dans le bois en train de se livrer à une occupation plutôt bizarre.

Une vive rougeur envahit ses traits.

— Ils... ils faisaient l'amour ?

— Pas exactement. Elle, elle creusait un trou dans le sol, pendant que votre mari paraissait superviser l'opération.

— Un trou ? Je ne comprends pas.

— Moi non plus. Puis-je m'asseoir à côté de vous ?

— Bien sûr.

Elle se déplaça, me laissant occuper le siège devant le volant. Je tirai le talon de ma poche et le montrai à Mrs. Kerrigan.

— Le reconnaissez-vous ?

Elle prit l'objet et l'examina longuement.

— J'ai l'impression que oui. A qui est-il censé appartenir ?

— Je préfère que vous me le disiez.

— Anne Meyer ?

— Vous le supposez ou vous en êtes certaine ?

— Je n'en suis pas absolument certaine. Je crois qu'elle portait des chaussures comme ça vendredi, mais... Où avez-vous trouvé ce talon ?

— Dans les bois. Elle l'a perdu lorsque MacGowan leur a fait peur.

— Je vois...

Elle déposa le talon dans ma main.

— Mais pourquoi diable creusaient-ils un trou ?

— Pas eux. Elle. Lui, il se tenait à côté. Ce qui permet d'échafauder un certain nombre d'hypothèses. On a vu des assassins sadiques qui emmenaient leur victime dans un endroit désert et qui lui faisaient creuser sa propre tombe. S'il projetait de l'assassiner...

— Mais c'est insensé ! s'écria-t-elle. Don n'aurait jamais fait une chose comme ça.

— Vous croyez ? De toute façon, ce n'est qu'une hypothèse...

Je lui offris une cigarette qu'elle refusa et en pris une moi-même.

— Est-ce que vous l'avez vu lundi soir, après son retour ?

— Oui. Il était très tard, mais je ne dormais pas encore.

— Vous a-t-il parlé ?

— Pas que je me souvienne... Non. J'étais au lit. Lui, il est allé fourrager dans la cuisine. Je l'ai entendu se verser à boire. J'ai attendu et attendu. A la fin, j'en ai eu assez et j'ai pris des cachets...

Elle posa sa main sur mon avant-bras.

— Comment pouvez-vous l'accuser de l'avoir tuée alors qu'on ne sait même pas si elle est morte ?

— Non, en effet, mais je crains qu'aucun doute ne soit plus permis. Si elle n'est pas morte, où est-elle ?

— Comment le saurais-je ?...

Elle me serra le bras si fort que je fis une grimace.

— Vous ne soupçonnez tout de même pas que c'est moi qui l'ai tuée ?

— Non, tout de même.

Elle parut ne pas entendre mes paroles.

— D'ailleurs, déclara-t-elle, je n'ai pas bougé de la maison, lundi, et je peux le prouver. Une amie a déjeuné avec moi et nous sommes restées ensemble tout l'après-midi. Jusqu'au dîner, pour être précise. Vous voulez son nom ?

— Pas la peine. Je vous crois.

— C'était Marion Westmore, la femme du D.A. Nous avons discuté de la vente de charité qui doit avoir lieu le mois prochain. A ce moment-là, ajouta-t-elle d'un ton songeur, l'existence me semblait tellement calme, tellement routinière... Mais depuis hier matin... Vous vous souvenez que Brandon Church est venu me voir ?

— Oui, bien sûr. A-t-il été désagréable avec vous ?

— Pas exactement. Il ne m'a accusée de rien, mais ce n'était pas l'homme que je connaissais. Il était... différent. C'est cela, différent ! C'est à peine s'il semblait me reconnaître et, lorsque nous avons parlé, j'avais l'impression qu'il s'adressait à une personne qu'il voyait pour la première fois. Une fois ou deux, je me suis demandé s'il n'avait pas bu. Et puis il y avait cet autre homme, son adjoint, un Mexicain...

— Braga ?

— Oui. Sal Braga. Je l'ai entendu vous menacer. Il a dit que, s'il vous rencontrait, il tirerait à vue. Et Brandon n'a pas cherché à le calmer, il n'a pas ouvert la bouche.

— L'idée ne doit pas lui déplaire.

— Mais pourquoi ? Sont-ils tous devenus fous ?

— Je l'ignore. C'est possible, après tout... En attendant, Mrs. Kerrigan, je voudrais vous poser encore quelques petites questions.

— Au sujet de Brandon ? Je croyais le connaître, mais depuis cette nuit, je me demande...

— Non, Brandon ne m'intéresse pas, je m'en occuperai une autre fois. C'est de votre mari et d'Anne Meyer que je voudrais vous parler. A moins que cela ne soit trop pénible pour vous.

Elle hésita un instant, puis déclara d'un ton neutre :

— Nullement. Interrogez-moi.

— Étaient-ils encore amoureux, ces temps derniers ?

— Je ne le crois pas. Don m'avait dit que tout était fini entre eux. Et je l'ai cru. D'ailleurs, lorsque je les voyais au motel, ils ne se conduisaient pas comme si...

Sa voix se brisa.

— Comme s'ils étaient toujours amant et maîtresse ?

Elle acquiesça.

— Savez-vous pourquoi ils ont rompu, à supposer qu'ils l'aient effectivement fait ?

— Il a dû se lasser d'elle, comme il se lasse de toutes les femmes. A moins que ce ne soit elle...

Une lueur méchante s'alluma dans ses yeux.

— Elle aussi aimait changer de partenaire.

— Mais leurs relations étaient demeurées amicales ?

— Apparemment oui, puisqu'elle a continué de travailler pour lui jusqu'à la semaine dernière.

— Vous disiez tout à l'heure qu'elle était de mœurs faciles. Est-ce que vous pouvez me donner quelques précisions ?

— Avec plaisir. Je la connais de longue date. Nous avons été à la même école. Je n'avais que deux ou trois ans de plus qu'elle. A l'école déjà, elle avait une de ces réputations !

— A l'école ?

— Oui, Mr. Archer, à l'école ! Elle a commencé très jeune. Elle était attirée par tout ce qui portait pantalon. Ce n'est d'ailleurs pas de sa faute. Elle s'est développée bien plus tôt que les autres filles. C'était une femme alors qu'elle n'avait pas quinze ans. Et puis, elle n'avait pas de famille. Sa mère est morte en lui donnant le jour et son père était une véritable bête sauvage.

— J'ai l'impression que vous les avez étudiés de près, tous les Meyer.

— Pas moi, mon père. Il était très préoccupé par cette affaire. Nous en avons discuté ensemble. Il était juge non seulement à la Cour supérieure mais aussi au tribunal des mineurs. C'est lui qui a été chargé de cette pénible histoire. Et il s'est longtemps demandé ce qu'il devait faire d'Anne...

— Je ne comprends pas très bien, Mrs. Kerrigan. De quoi parlez-vous ?

Elle n'osa pas relever la tête.

— Vous n'êtes pas au courant ? demanda-t-elle.

— Non. Que s'est-il passé ?

— Anne a été violée par son père.

— Violée ?

— Oui.

— Mais alors Meyer devrait être en prison. Comment se fait-il... ?

— Anne a refusé de déposer contre lui et, comme c'était le seul témoin, l'affaire s'est terminée par un non-lieu. Néanmoins, il y avait suffisamment d'éléments pour enlever Anne à la garde de son père. On avait d'abord songé à la mettre dans une institution pour jeunes filles mais, finalement, ça s'est arrangé.

Brandon venait d'épouser sa sœur et ils l'ont recueillie chez eux. Elle a vécu avec eux pendant plusieurs années, et il n'y a pas eu de nouveaux drames.

— Jusqu'à maintenant, vous voulez dire ?

Elle s'humecta les lèvres et me regarda en coin.

— Mr. Archer, vous ne voulez vraiment pas m'accompagner au pavillon ?

— Pour quoi faire ?

— Je voudrais voir dans quel état il est. J'ai l'intention de le vendre.

— Je vous ai déjà déclaré qu'à votre place je n'irais pas là-bas.

— Pourquoi ? Son corps...

— Mais non, il n'y a pas de cadavre, sans quoi je vous l'aurais dit. Je prétends simplement que le spectacle qui vous y attend vous choquerait inutilement. En fait, le mieux que vous puissiez faire est de me rendre ce trousseau de clés.

— Je ne comprends pas...

Mais elle s'exécuta et me remit les clés.

— Qu'avez-vous l'intention d'en faire ?

— D'en faire cadeau à la police, si je parviens à trouver un seul flic honnête à Las Cruces. Comme votre père était juge, vous pourriez peut-être m'en indiquer un.

— Je pensais que Brandon en était un. Je continue, d'ailleurs, de le penser... Et si vous alliez trouver Sam Westmore ?

— Le district attorney ?

— Oui. Sam et Marion sont mes meilleurs amis. Vous pouvez avoir confiance en Sam... Croyez-vous que ce soit prudent pour vous de retourner à Las Cruces ?

— J'ignore si c'est prudent, mais je crois que c'est indispensable. Je veux tirer cette affaire au clair.

— Vous êtes un homme brave, Mr. Archer.

— Pas brave, simplement têtu. Et je ne veux pas qu'une bande de dangereux criminels s'échappe parce qu'ils ont des moyens de faire pression sur la police.

— Oui-i-i..., fit-elle d'un ton rêveur.

Elle posa sa tête sur mon épaule et ferma les yeux. Je me penchai vers elle et l'embrassai sur la bouche. Elle ne réagit pas.

— Don avait raison, fit-elle soudain. Je ne suis pas une femme normale...

Elle se secoua, rouvrit les yeux.

— Vous serez prudent, Mr. Archer ? Je ne voudrais pas qu'il vous arrive un... un accident.

— Je serai prudent, lui promis-je.

19

Je trouvai Meyer installé dans un minuscule bureau qui occupait un coin de son dépôt de camions. Il était en train d'étudier des factures. Il me contempla bouche bée, puis fit entendre un petit sifflement.

— Qu'est-ce qui vous arrive ? demanda-t-il en m'examinant comme si j'étais un phénomène.

— Je me suis coupé en me rasant.

— De quoi vous serviez-vous ? D'une tondeuse ? Et moi qui commençais à croire que vous aviez filé avec mes cent dollars... Je me demande si je ne dois pas vous prier de me les rendre. Brand m'a conseillé de vous décharger de l'affaire que je vous avais confiée.

— Et alors ?

— Alors rien ! Je n'ai pas l'intention d'obéir à un propre-à-rien que j'ai eu la sottise d'élever à mes frais.

Il se pencha en avant, s'accouda, me fixa avec des yeux de vieux renard.

— Mais, si j'étais vous, je ne ferais rien pour le contrarier. Il est mauvais, quand il s'y met.

— Mr. Meyer, je suis aussi peu impressionnable que vous.

Il sourit.

— Possible, mais il a un atout dans son jeu, il est shérif. D'où venez-vous, jeune homme ?

Je me sentis flatté.

— Du lac Perdida.

— Vous êtes allé vous reposer ? Je comprends ça.

Mais pendant que vous admiriez la nature, des tas de gens cherchaient à vous contacter. Moi, pour commencer. Et puis le D.A. Pendant que vous preniez l'air, l'enquête a fait des progrès. Tout d'abord, les malfaiteurs ont abandonné une Buick devant un hangar de l'ancien camp militaire...

— Je sais, c'est moi qui l'ai découverte.

— Peu importe. En tout cas, on a réussi à établir d'où elle venait. Elle a été achetée chez un garagiste de Los Angeles. Ce rouquin... comment s'appelle-t-il déjà ?...

— Bozey ?

— Oui, c'est bien son nom... Bref, Bozey l'avait achetée, vers le 1er septembre, chez ce garagiste qu'il a payé en billets de cinq cents dollars tout neufs. Lorsque le vendeur a voulu déposer l'argent à la banque, le caissier a sauté au plafond...

— Ça provenait d'un hold-up, je parie ?

— Vous avez gagné. Parfaitement. Une agression commise à Portland. Une banque. Une grosse affaire. Plus de vingt mille dollars. Heureusement, on avait relevé les numéros.

— Vous voulez dire que Bozey a attaqué la banque ?

Meyer acquiesça.

— Oui, et il y a même une récompense de deux mille dollars pour sa capture. Ça devrait vous encourager, vous qui êtes près de vos sous. Pour en revenir au lac Perdida, qu'est-ce qui vous a pris d'y aller ?

— Mon intuition. Et elle ne m'a pas trompé. Regardez ce que j'ai trouvé...

Je tirai le talon de ma poche et le posai délicatement devant Meyer.

— Cet objet appartient-il à votre fille Anne ?

Il le prit, l'examina de tous les côtés.

— Comment le saurais-je ? dit-il enfin. Je ne remarque pas les toilettes des femmes. Dans quelles circonstances l'avez-vous trouvé, ce talon ?

Je le lui racontai. Il fit une grimace.

— Ma pauvre fille, soupira-t-il quand j'eus terminé. Comment expliquez-vous cette histoire de trou ?

Je m'installai sur un coin de sa table et allumai une cigarette.

— Je crois, dis-je, qu'elle creusait une tombe. Une tombe... Mais à qui était-elle destinée ? A Anne ? A quelqu'un d'autre ?

— A Kerrigan, peut-être.

— Sûrement pas. Il la regardait faire.

— Votre histoire ne tient pas debout, déclara-t-il soudain. Êtes-vous seulement sûr que la mystérieuse femme était Anne ?

— J'ai deux témoins. Aucun d'eux n'a été formel, mais ce sont des gens prudents, d'un certain âge. En tout cas, si c'est son talon, je ne vois pas l'avenir en rose.

Il reprit le talon, l'examina à nouveau.

— Hilda le reconnaîtrait peut-être...

Il décrocha le téléphone, composa un numéro.

— Allô, c'est vous, Brand ? Où est Hilda ? Vous ne savez pas...

Il écouta quelques instants.

— Vraiment ? Personnellement, je crois qu'elle commet une grosse faute, et je ne manquerai pas de le lui dire quand je la verrai...

Il raccrocha et se tourna vers moi.

— Savez-vous ce qu'elle a fait ? Ses valises ! Et puis elle est partie. Les femmes sont folles !

— Le shérif vous a-t-il expliqué les raisons de cette brusque décision ?

— Non, il est trop fier pour cela, mais je sais qu'ils s'entendaient mal depuis quelque temps. Elle l'accusait de cruauté...

— Il la battait ?

— Mais non, sans quoi elle l'aurait quitté depuis longtemps. Cruauté mentale. Elle avait même des idées de suicide. Une fois, elle a tenté...

— De se tuer ?

— Oui. Avec du Gardénal. Ça s'est passé peu après

leur mariage. Brand a essayé de faire croire que c'était un accident, mais Anne m'a révélé la vérité. Elle vivait avec eux, à l'époque.

— Pourquoi cette tentative de suicide ?

Il haussa les épaules.

— Elle devait se sentir malheureuse. Maintenant, ça ne prouve rien. Les femmes sont parfois bizarres. Tenez, moi je n'ai jamais compris la mienne. Ni mes filles.

Il parlait d'un ton mélancolique, presque plaintif, mais manquant nettement de sincérité.

— A votre avis, demandai-je, où aurait-elle pu se rendre ?

— Qui ça ? Hilda ?

— Oui.

— Est-ce que je sais, moi ?

— Et si vous essayiez d'appeler chez vous ?

Il parut étonné.

— C'est une idée, ma foi !

Il décrocha, fit un numéro.

— C'est toi, Hilda ? Que diable fais-tu à la maison ? Non, attends, ne raccroche pas ! J'ai à te parler. Et Archer, lui aussi, a une question ou deux à te poser... C'est cela, oui. Ne bouge pas, nous arrivons.

Nous quittâmes le bureau. Il monta dans sa Lincoln, je le suivis dans ma voiture. Nous traversâmes la ville en un temps record. Ce fut Hilda qui nous ouvrit la porte. Meyer lui jeta un coup d'œil furieux et entra dans la maison sans mot dire. Mrs. Church m'examina des pieds à la tête. Ma blessure à la tempe parut l'intriguer.

— Comment allez-vous, Mr. Archer ?

— Ça pourrait aller mieux, mais ça pourrait aller pire aussi. Et vous ?

— Merci, très bien.

Mais elle avait l'air de quelqu'un qui n'a pas fermé l'œil de la nuit.

— Donnez-vous la peine d'entrer.

Elle me précéda dans le living-room. Je dénotai une certaine hésitation dans sa démarche. Je m'installai sur le sofa, elle dans un fauteuil. Meyer contemplait, l'air étonné, la pièce dans laquelle le ménage venait d'être fait.

— J'ai un peu nettoyé ton intérieur, père..., commença Mrs. Church.

— Ce n'était pas la peine, répliqua-t-il brutalement. Tu ferais mieux de rentrer chez toi et de t'occuper de ton propre intérieur. Et de ton mari.

Elle redressa la tête.

— Je ne retournerai pas là-bas, déclara-t-elle fermement. A aucun prix. Si tu ne veux pas de moi dans ta maison, je vais me trouver un appartement. Comme Anne.

— Anne, c'est différent, répondit-il. Elle a un métier, elle gagne sa vie et elle n'est pas mariée.

— Je peux gagner ma vie, si c'est nécessaire. Quant à mon mariage, j'ai l'intention de demander le divorce le plus tôt possible.

— Ça, ça te regarde. Et je ne t'oblige pas à travailler. Si ça te chante, tu peux même rester ici. Mais que vont dire les gens ?

— Quelles gens ?

— Tes amis, les miens. Et puis tous ceux qui ont voté pour Brand. Ceux qui l'ont élu à ses fonctions de shérif. Tu peux compromettre sa carrière.

— Sa carrière, je m'en moque éperdument.

— Et ta famille ?

— Je n'en ai pas.

— Tu pourrais en avoir une.

— Pas avec Brand. Il me répugne. D'ailleurs, je ne désire plus parler de cela. J'ai quitté Brand et c'est une décision irrévocable.

— Je ne t'ai jamais entendue t'exprimer de la sorte, fit Meyer de l'air de n'en pas croire ses oreilles.

— Il y a un commencement à tout.

Meyer alla se réfugier dans un coin.

— Qu'est-ce qu'il t'a fait, ton époux ?

— J'ai honte d'en parler...

Elle battit des paupières et je vis qu'elle avait des larmes aux yeux.

— Je ne te comprends pas, père. Autrefois, quand nous venions chez toi, Anne et moi, tu ne demandais pas mieux, tu voulais que nous restions. Et maintenant...

— Puisque je te dis que tu peux rester...

Il s'enfonça dans un fauteuil, croisa les jambes et fit semblant de regarder par la fenêtre.

Je me levai, m'approchai de Hilda.

— Mrs. Church, dis-je, je désirerais vous montrer quelque chose...

Je lui tendis le talon.

— Votre père pense que vous pourriez l'identifier.

Elle se leva à son tour, alla à la lumière, examina longuement le talon.

— Où l'avez-vous trouvé ? demanda-t-elle enfin.

— Dans les bois, pas loin du lac Perdida. Votre sœur possédait-elle des chaussures de ce modèle et de cette teinte ?

— Oui...

Elle vint vers moi, la respiration oppressée.

— Il est arrivé quelque chose à Anne ? Dites-moi, ne me cachez rien.

— Je voudrais bien vous répondre, mais... Si c'est le talon d'Anne, c'est elle qui se trouvait dans les bois avec Kerrigan, lundi dernier, en train de creuser un trou...

— Mr. Archer prétend qu'elle creusait sa propre tombe, intervint Meyer d'un ton lugubre.

— Vous pensez qu'elle est morte, Mr. Archer ? demanda Hilda.

— Je ne veux pas vous effrayer inutilement, répondis-je, mais je pense qu'il faut s'attendre au pire. Ainsi, si une surprise nous attend, que c'en soit au moins une bonne.

Elle serra le talon dans sa main et, l'espace d'un instant, je crus qu'elle allait s'évanouir. Quand elle rouvrit la paume, je constatai que les clous du talon s'étaient enfoncés dans sa chair.

Elle me fixa longuement, puis demanda :

— Est-ce tout, ou bien y a-t-il autre chose ?

— Voilà ce que j'ai trouvé dans le pavillon des Kerrigan, répondis-je en lui montrant les épingles à cheveux que j'avais ramassées sur la peau de l'ours.

— Anne se servait d'épingles comme celles-là, dit-elle d'une voix blanche.

Meyer se leva et vint près de nous.

— Oui, fit-il. Ainsi, elle a passé le week-end avec Kerrigan.

— Je ne le pense pas, expliquai-je. Kerrigan a dû la rejoindre lundi seulement. Mais il est vraisemblable qu'elle a passé samedi et dimanche en compagnie d'un homme, au pavillon.

Le père et la fille échangèrent des regards.

— On a vu Tony Aquista près du lac, samedi soir, déclarai-je.

— Qu'y faisait-il ? demanda Meyer.

— Je l'ignore. C'est peut-être lui, l'homme en question. Ils ont été très intimes, il y a quelque temps.

— C'est impossible ! s'écria Hilda. Jamais Anne ne se serait abaissée à fréquenter ce Mexicain !

— C'est ce que tu imagines, fit Meyer. Tu t'es convaincue que c'était une petite sainte, mais je sais qu'il n'en était rien. Elle a toujours eu un tempérament du tonnerre. Et elle a fait marcher Tony comme elle avait fait marcher d'autres types avant lui.

— Ce n'est pas vrai !...

Hilda se tourna vers moi.

— Ne l'écoutez pas, Mr. Archer. Anne était une gentille petite fille, rien de plus. Elle n'aurait jamais fait marcher les hommes, elle était bien trop innocente pour cela.

— Innocente ! ricana Meyer. Innocente ! Elle s'intéressait aux garçons alors qu'elle portait encore un petit ruban dans les cheveux. Et peu lui importait que ce fût un gars de chez nous, un Mexicain ou même un Indien.

Une fois, je l'ai surprise ici, dans cette pièce, avec un chauffeur. Qu'est-ce que je lui ai fichu comme raclée !...

— Tu n'es qu'un sale menteur ! s'écria Hilda.

Il pâlit sous l'insulte.

— Oui, parfaitement, répéta-t-elle. Et je vais te dire pourquoi. Elle te plaisait tellement que tu étais jaloux des hommes qu'elle voulait fréquenter. Jaloux de ta propre fille !

— Tu es complètement folle ! siffla-t-il. Tu devrais avoir honte de parler ainsi de ton père devant un étranger.

Il leva la main et la gifla.

— Attention, père ! fit Hilda d'une voix haineuse.

Je me mis entre eux, pour éviter une bagarre. Le vieux tremblait de rage. Tout à coup, il vacilla et s'effondra plus qu'il ne s'assit sur le sofa.

Je me penchai au-dessus de lui.

— Meyer, dis-je, qui a tué votre fille ?

— Je ne sais pas, répondit-il d'une voix étrangement frêle. Vous n'êtes même pas sûr qu'elle soit morte.

— Suffisamment sûr comme ça. Est-ce vous qui l'avez tuée ?

— Vous aussi, vous êtes cinglé ! s'écria-t-il. Aussi cinglé que Hilda. Vous savez très bien que je ne ferais pas de mal à Anne.

— Ça ne vous a pas empêché de lui faire quelque chose qui, normalement, aurait dû vous valoir la prison à perpétuité.

— D'où... d'où tenez-vous ces renseignements ?

— D'une personne qui en sait long sur vous et sur ce que vous avez fait à votre fille.

Il se cacha la tête dans les mains.

— Ça s'est passé il y a dix ans, déclara-t-il d'une voix sourde. J'étais bien plus jeune, alors, et je ne parvenais pas à me contrôler. Et puis, je n'étais pas le seul responsable. Elle avait l'habitude de circuler toute nue à la maison. Elle me narguait, tout comme elle narguait les autres hommes. Elle pénétrait de force dans ma chambre. Vous ne savez pas ce que c'est que de vivre sans femme pendant des années !

— Ne me faites pas pleurer, Meyer ! Un homme capable de ça est aussi capable de tuer quelqu'un.

Il redressa la tête.

— Non ! s'écria-t-il. Ce n'est pas moi. Je vous le jure. D'ailleurs, depuis cette malheureuse histoire, j'aimais Anne, je la vénérais...

— Vous m'avez dit que vous lui aviez donné un revolver pour se protéger. C'est bien vrai, ça ?

— Oui, je vous le jure...

Il se signa. Venant de lui, ce geste me parut obscène.

— Elle avait peur d'Aquista, et je lui ai donné mon vieux .38. Si quelqu'un l'a tuée, c'est Aquista, c'est l'évidence même.

— Qui, en ce cas, a tué Aquista ?

— Pas moi, pleurnicha-t-il. Si vous croyez que j'aurais descendu mon meilleur camionneur, vous êtes fou à lier...

Son visage se durcit.

— Dites donc, vous, je n'aime pas du tout vos manières. Vous êtes censé travailler pour moi. Je vous ai engagé...

— Je démissionne.

— Vous ne pouviez pas mieux faire. Et maintenant, fichez-moi le camp d'ici, et en vitesse.

Je me dirigeai vers la porte.

— Minute, minute ! me cria-t-il. Je vous ai donné cent dollars. J'exige que vous me les rendiez !

— Adressez-vous à un tribunal et faites-moi un procès.

Il tenta de se lever mais n'en eut pas la force.

Avant de sortir, je cherchai Hilda du regard, mais elle avait disparu.

20

Je l'aperçus qui courait sur le gazon, en direction de la rue. Je l'appelai. Elle tourna la tête et, en me reconnaissant, accéléra le pas. J'en fis autant. Son pied heurta une pierre et elle tomba.

Je la rejoignis, l'aidai à se relever, la soutins.

— Où alliez-vous ?

— Je ne sais pas, sanglota-t-elle. Je n'ose pas rester ici avec père. J'ai peur de lui.

Je sentais son cœur battre contre moi.

— C'est un homme horrible et il me déteste. Il nous a toujours détestées, Anne et moi. Il voulait un fils. Je me souviens du jour où Anne est née. Maman était mourante, mais lui était furieux, il l'insultait. Un garçon, voilà ce qu'il voulait ! Un garçon. Je ne sais pas ce qui m'a pris de revenir ici.

— Pourquoi avez-vous quitté votre mari, Mrs. Church ?

— Il m'a menacée de me tuer si je mettais les pieds hors de la maison. Mais je préfère encore endurer mon époux plutôt que de rester dans cette maison, avec ce vieux fou.

Elle jeta un regard morose à la maison qu'elle venait de quitter. Un bruit de moteur nous parvint de la rue. Une Mercury noire s'arrêta devant la grille. Un homme coiffé d'un Stetson blanc en descendit.

— Brand..., fit doucement Hilda.

Je sentis son corps se contracter.

— Brand...

Il vint jusqu'à nous, marchant d'un pas de robot. J'allai à sa rencontre. Il s'immobilisa.

— Vous ! fit-il d'une voix blanche. Qu'est-ce que vous faites avec ma femme ?

— Demandez-le-lui.

— C'est vous que j'interroge !

Il tremblait de rage.

— Je vous ai déjà ordonné de la laisser tranquille. Je vous ai également ordonné de ne plus vous occuper de cette affaire.

— Je n'ai pas d'ordres à recevoir de vous. Cette affaire, je m'en occupe et je m'en occuperai jusqu'au bout.

— C'est ce que nous verrons. Si vous croyez pouvoir ignorer mes ordres, menacer mes adjoints et saboter mon enquête...

Il retroussa ses babines.

— Je vais vous mettre un marché en main, Archer. Ou bien vous aurez quitté le comté d'ici une heure ou bien je vous fais arrêter pour obstruction à la justice.

— Vous vous imaginez sans doute que ce comté vous appartient ?

— Restez et vous verrez.

— A mon tour de vous dire ce que je pense, Church. Chaque fois que nous nous rencontrons, vous essayez de m'obliger à abandonner cette enquête. Je ne suis peut-être pas très intelligent mais, lorsque la même chose se répète un certain nombre de fois, même un idiot comme moi commence à voir clair. Et mes soupçons se précisent.

— Vos soupçons, je m'en fiche !

— Possible, mais si vous m'y obligez, je vais aller trouver le D.A. S'il refuse de m'écouter, je m'adresserai plus haut encore, vous comprenez ?

Il devint blanc comme un linge.

— Qu'est-ce qui vous permet de me parler ainsi ?

— Le fait que je n'ai plus confiance en vous. Vous

n'êtes qu'une baudruche. Vous le savez, moi aussi, votre femme également.

Il serra les poings.

— Vous voulez m'obliger à vous tuer ? articula-t-il péniblement.

— Vous n'en auriez pas le culot.

Il projeta son poing en avant, mais je m'y attendais et esquivai le coup. Il faillit perdre l'équilibre et se découvrit un instant. J'avais le choix entre un droit et un gauche. J'y allai du droit. A l'estomac. Dur comme une planche. Il para mon gauche et m'envoya un uppercut à assommer un bœuf. J'essayai de l'éviter mais le coup m'atteignit à la tempe, qui se remit à saigner.

Hilda Church était retombée par terre, bouche bée, comme dans un cri silencieux.

Church m'attaqua de nouveau. Je sentis une violente douleur à la joue, puis au plexus solaire. Je répliquai. Le Stetson tomba sur l'herbe. Pendant que je le regardais rouler, le shérif revint à la charge. J'encaissai un direct au nez, puis un coup bas m'atteignit au-dessous de la ceinture. Je me pliai en deux et tombai à genoux. Alors que je tentais de me relever, un coup de massue vint s'abattre sur mon front et ouvrit mon arcade sourcilière avec un bruit de fruit mûr qui éclate. A moitié aveuglé, je parvins quand même à me redresser et, tête baissée, partis à la contre-attaque. Il ne s'y attendait pas, et je pus placer quelques coups. Il esquissa une grimace, se jeta de nouveau sur moi. J'esquivai deux directs, en plaçai trois. Il attaquait toujours. Je parais de mon mieux, mais il savait se battre. Moi, je me sentais faiblir. Je réunis toutes mes forces et lui envoyai un droit au nez, un gauche à la mâchoire. Il tomba. Je restai au-dessus de lui, haletant, me demandant si je devais l'achever ou non, quand un cri retentit derrière moi.

— Arrêtez ! Arrêtez ! Vous êtes fous !

Church se releva et, tel un somnambule, marcha à reculons, s'adossa à une des vieilles voitures rouillées que Meyer gardait dans son jardin. Il se passa la main sur la figure, la retira pleine de sang, puis, d'un geste mécanique, il commença à ouvrir son étui à revolver.

Je ne pus réprimer un frisson. J'étais armé, j'avais mon .38 dans ma poche, maïs si j'avais le malheur de le sortir, il m'abattrait sans le moindre scrupule. Et on l'en féliciterait, car il aurait agi en état de légitime défense. Sans compter qu'il représentait l'autorité, la justice et l'ordre établi.

Son bras se tendit lentement, avec le .45 au bout. Son silence était pire qu'un torrent d'injures. Je devinai que, dans l'état de rage où il était, il n'hésiterait pas à appuyer sur la détente. Je sentis une sueur froide couler dans mon dos. C'était la fin de Lew Archer, détective privé. Pourquoi étais-je allé me fourrer dans ce guêpier ?...

Tout à coup, Hilda Church bondit sur ses pieds, courut vers nous, se mit entre moi et son mari, écarta les bras en croix.

— Brand, cet homme a été gentil et compréhensif envers moi ! s'écria-t-elle. Il ne te veut pas de mal. Ne tire pas, Brand ! Ne tire pas, je t'en prie !

Church me visait toujours. Alors, sa femme commença à avancer vers lui, lentement, comme si elle avait peur de le faire fuir. Elle l'atteignit, lui fit baisser la main.

— Brand, promets-moi que tu ne le tueras pas !

Puis elle se blottit contre sa poitrine.

Il contempla ses cheveux, les caressa doucement de la main gauche. Son regard reprit lentement un aspect normal.

— Je te le promets, dit-il d'une voix rauque. Je suis venu pour te ramener à la maison, Hildie. Est-ce que tu veux rentrer avec moi ?

Elle acquiesça silencieusement.

— En ce cas, poursuivit-il, va m'attendre dans la voiture. Je vais te rejoindre dans une minute.

— Tu seras raisonnable, Brand... ? Tu m'as promis...

— Je serai raisonnable, mon petit... J'ai promis.

Il remit son .45 dans l'étui, se dégagea comme à

regret de l'étreinte de Hilda. Elle esquissa un vague sourire, puis se dirigea vers la grille. Il la suivit du regard jusqu'à ce qu'elle eût disparu, puis alla ramasser son chapeau et s'approcha de moi.

— Si vous êtes prêt à l'oublier, fit-il, je ferai de même.

— Je ne l'oublierai sûrement pas.

— Vous avez tort.

— Ce ne serait pas la première fois. Vous aussi, il vous arrive d'avoir tort.

— Bon Dieu, Archer, est-ce qu'on ne finira pas par s'entendre, un jour ?

— Peut-être, mais pas aux conditions que vous voulez m'imposer. Je reste à Las Cruces jusqu'à ce que cette affaire soit tirée au clair. Et si jamais vous avez le malheur de me faire poursuivre, vous verrez de quel bois je me chauffe. Je déposerai une plainte contre vous.

— Qu'est-ce que j'ai fait ?

— Forfaiture, complicité avec une bande de criminels.

— Non, dit-il.

Son bras se tendit vers moi, mais je fis un pas en arrière.

— Ce n'est pas vrai. Vous ne comprenez rien, Archer.

— Je ne comprends que trop bien. J'essaie de découvrir les responsables de deux crimes, et c'est vous que je trouve constamment sur mon chemin. Vous prétendez incarner la loi, mais vous n'agissez pas comme un représentant de cette loi. Tout ça, à mon avis, sent le faisandé. Je n'aime pas les officiers de police qui ne remplissent pas leur devoir.

— J'ai toujours rempli mon devoir, dit-il, l'air sombre.

— Même hier soir, lorsque vous avez laissé filer le camion de Meyer ?

Il ne répondit pas et baissa la tête. Comme je ne disais rien, il pivota sur ses talons et s'éloigna. Le dos de son veston était fendu en deux et son Stetson était noir de boue.

21

J'allai voir un médecin. Il me fit huit points de suture et me demanda vingt-cinq dollars. Mais il eut la décence de ne pas me poser de questions.

En le quittant, j'éprouvai une forte envie de remonter en voiture et de filer à L.A., avec l'intention de ne jamais revenir à Las Cruces. Et puis, je pensai à Tony Aquista, à Kerrigan et à Anne Meyer et, au lieu de prendre la direction de la nationale, je pris celle du palais de justice.

Westmore, le D.A., me reçut dans un bureau confortablement meublé. Il m'accueillit fort aimablement, m'invita à m'asseoir et m'offrit une Camel tout en m'examinant le visage d'un air mi-désolé, mi-étonné. Mais lui non plus ne me posa pas de questions. Tout au moins de questions gênantes.

— Vous êtes un homme difficile à joindre, Mr. Archer, dit-il en allumant une cigarette.

— Navré, Mr. D.A. J'avais des choses urgentes à faire.

— Hum... Savez-vous que, si vous n'étiez pas venu me voir, j'avais l'intention de lancer un mandat contre vous ?

— De quoi pourriez-vous m'inculper ?

— De pas mal de choses, Mr. Archer. Obstruction à la justice, pour commencer. Coups et blessures sur la personne d'un officier de police, ensuite. Il se peut que, dans votre ville, ce ne soit pas grave, mais ici, à Las Cruces, la police a une haute opinion de ses fonctions.

— Vous faites allusion au shérif Church ?

— Non, à son adjoint, Braga.

— Braga n'a eu que ce qu'il méritait. Sans son intervention, la fille serait entre vos mains.

— Braga en convient maintenant. Mais, à votre place, je me méfierais des endroits déserts. Il a le sang chaud, cet homme. Et, si j'étais vous, je laisserais tranquilles les collaborateurs du shérif. Je puis vous révéler que, si vous n'êtes pas encore en état d'arrestation, c'est parce que nous avons quand même une preuve de votre désir de coopération. C'est grâce à vous que nous avons trouvé la Buick de Bozey.

— Church vous a dit que c'était moi ?

— Naturellement. Pourquoi ne l'aurait-il pas fait ?

Je n'avais pas l'intention de discuter ce point avec lui, aussi me contentai-je de demander :

— Avez-vous réussi à arrêter Bozey ?

— Non, mais des renseignements le concernant me sont parvenus il y a une heure ou deux. Il a un casier judiciaire des plus suggestifs. Petits larcins et actes de vandalisme à l'école, vol de voiture, port d'arme prohibée, contrebande d'alcool, attaque à main armée. Il a passé sept ans de son existence en prison.

— D'où vient-il ?

— De Los Angeles, mais il a écumé cinq États de l'Ouest. Sa dernière condamnation a été prononcée par un tribunal du Nouveau-Mexique. Il est sorti en juillet dernier et a aussitôt repris ses occupations.

— A-t-il attaqué seul la banque de Portland ?

— D'après ce que nous en savons, oui. C'est du moins lui qui a pénétré, armé, à l'intérieur du bâtiment. Nous ignorons s'il avait des complices qui l'attendaient dehors.

— Et le coup lui a rapporté vingt mille dollars ?

— Un peu plus de vingt-deux mille, Mr. Archer. Malheureusement pour lui, il n'a pas pu dépenser cet argent, car la banque avait relevé les numéros des billets. Il en a utilisé une petite partie pour acheter la Buick, mais cela a aussitôt mis la police à ses trousses. En fait, les agents ont effectué une descente à l'hôtel où il vivait moins d'une heure après son départ.

— Et la petite était avec lui ?

— Je ne sais pas si c'était la petite, mais il y vivait avec une femme. Ils s'étaient inscrits sous le nom de Mr. et Mrs. John Brown. Pas très original, comme vous voyez. Entre nous, c'était très probablement la petite...

— A quel moment ont-ils quitté L.A. ?

— Il y a six semaines, le 3 septembre. Et l'attaque contre la banque de Portland avait eu lieu le 15 août. Entre ces deux dates, on les perd complètement de vue.

— Pas tout à fait.

Il parut soudain intéressé.

— Connaîtriez-vous des choses que nous ignorons ?

— Il se peut. Savez-vous où se trouve le lac Perdida, Mr. Westmore ?

— Un peu. J'y possède un pavillon.

— Eh bien, Bozey et la petite Summer y ont passé plusieurs jours au début de septembre. Et, comme c'est là qu'on a vu pour la dernière fois Anne Meyer, il semble que le centre de l'affaire se situe là-bas.

— Anne Meyer ? Quel rôle joue-t-elle dans l'histoire ?

— C'est ce que je voudrais savoir mais, à mon avis, elle en tient un de première grandeur. Et, à votre place, je lancerais mes hommes dans la région. Ils pourraient découvrir des choses intéressantes.

— Vous croyez ?

— J'en suis sûr...

Je lui donnai le talon et les épingles, puis refis le récit de mes investigations sur les bords du lac.

Il m'écouta en silence, tout en pianotant sur son bureau. Quand j'eus fini, il dit :

— Et si MacGowan mentait ? Son histoire me semble bien fantaisiste.

— Ça, je le reconnais. Mais c'est justement pour cela que j'y crois. S'il avait voulu mentir, il aurait inventé quelque chose qui tienne debout. Et puis, j'ai vu le trou en question.

— Il a pu le creuser lui-même. En outre, puisque c'est le grand-père de la petite Summer, il avait de bonnes raisons de mentir.

— MacGowan ignorait que Jo avait des ennuis lorsqu'il m'a parlé de ce trou.

— Bref, il semble vous avoir convaincu.

— Oui. Et si vous ne me croyez pas, interrogez-le donc vous-même.

— J'en ai l'intention. Entre-temps, je vais vous prier de répéter votre récit devant un sténo assermenté.

Cela exigea une bonne heure. Westmore demeura présent, m'interrompant de temps à autre, pour me demander une précision. J'avais presque fini quand l'interphone bourdonna. Le D.A. était demandé dans un autre service. Il nous quitta, mais revint dix minutes plus tard en se frottant les mains. Lorsque le sténo fut parti, il me dit :

— Je viens de m'entretenir avec les inspecteurs du fisc. Je leur avais remis ce matin les livres de Kerrigan. Ils n'ont pas encore eu le temps de procéder à une vérification complète, mais ils affirment qu'on peut d'ores et déjà parler de comptabilité truquée.

— Fraude fiscale ?

— Oui. Impôt sur le revenu. Et ça remonte à des années. Il a ramassé pas mal d'argent avec son bar, à la fin des années quarante. Et cet argent, il a oublié de le déclarer.

— Qu'en a-t-il fait ?

Il haussa les épaules.

— Ce ne sont pas les occasions qui manquent. La région est riche en champs de courses et en casinos, Las Vegas, Tanforan, Caliente. C'est beaucoup plus drôle que de signer un chèque au nom du percepteur. Il semble qu'il ait commencé à tenir une comptabilité double un an après avoir acheté *La Pantoufle de Vair*. Apparemment, il l'a fait avec la complicité d'Anne Meyer. On les soupçonnait d'ailleurs depuis quelque temps déjà, et les inspecteurs du fisc m'ont appris que Miss Meyer et Kerrigan allaient être cités d'ici peu devant un grand jury.

— Pas étonnant qu'il ait cherché à mettre les voiles.

— Oui, fit Westmore d'un ton solennel, Donald Kerrigan était au bout du rouleau. Son ménage marchait mal. Je viens de téléphoner à Kate Kerrigan. Elle va avoir des ennuis.

— Pourquoi ?

— Parce qu'elle a contresigné avec son mari les déclarations de revenus. Évidemment, elle ne savait pas qu'elles étaient truquées mais, si le gouvernement lui fait un procès, elle est sûre de perdre tout ce qui lui reste.

— Ce serait injuste, Mr. Westmore.

— C'est également mon avis et, si je puis faire quelque chose en sa faveur, je n'y manquerai pas.

— J'en suis heureux pour elle. C'est une femme qui a été très malheureuse...

— Je suis content de vous savoir en bons termes, car j'ai beaucoup d'amitié pour elle. Incidemment, elle voudrait vous voir, dès que vous en aurez fini avec moi.

— Où est-elle ? Chez elle ?

— Oui. Au fait, je vais vous confier une chose que je vous demanderai de garder pour vous, une chose que je n'ai pas voulu révéler à Kate.

— Vous pouvez compter sur ma discrétion.

— Cela vous intéresse d'autant plus que cela corrobore ce que vous disiez au sujet du rôle d'Anne Meyer. D'après les chèques annulés saisis chez Kerrigan il lui donnait mille dollars par mois.

— C'est un gros salaire, pour une directrice de motel.

— Je vous crois ! D'autant que le motel ne lui rapportait pas cette somme.

— Chantage, en ce cas ?

— Cela me semble logique. Il devait payer son silence concernant la fraude fiscale. Quoi qu'il en soit, voilà un puissant mobile de meurtre. Qu'en pensez-vous ?

— Possible.

Westmore se leva et alla se mettre devant la fenêtre, les mains croisées derrière le dos. Soudain, il se retourna et dit :

— A mon avis, Kerrigan a bien tué Anne Meyer avant de s'enfuir avec Jo Summer. Je pense que c'est cette dernière qui l'a mis en rapport avec Bozey, et ils ont, tous les trois, mis au point le plan d'attaque du camion. Bozey avait vingt mille dollars. Kerrigan, lui, était bien placé pour commander une grosse quantité de whisky. A mon avis, Bozey a proposé à Kerrigan de lui acheter la cargaison volée et il l'a payé avec l'argent provenant du hold-up. Bien entendu Kerrigan ignorait la provenance de cet argent. Il a été victime de deux criminels plus malins que lui. Je suis sûr que Jo a tout manigancé sur l'ordre de Bozey.

— Pourtant, fis-je observer, elle était amoureuse de Kerrigan.

Il haussa les sourcils.

— Comment le savez-vous ?

— Je les ai vus et entendus.

— Donc, c'est une impression purement subjective ?

— Il y a des impressions qui ne trompent pas.

— Si vous voulez...

Il prit un air de parfait bureaucrate.

— C'est un sujet dont il est difficile de discuter. Pour en revenir à Jo, elle est de toute façon complice d'un meurtre. Nous savons que c'est Bozey qui a tué Aquista.

— Vous en avez la preuve ?

— Simplement la conviction. D'après moi, Bozey a tué Aquista et Kerrigan. Les deux hommes ont été assassinés avec la même arme. Et Bozey me semble l'individu suspect par excellence, témoin son casier judiciaire. S'il en avait eu l'occasion, il aurait tué pour moins. Et il s'est emparé du whisky car il existe encore aux États-Unis des endroits où l'on peut vendre avec un joli bénéfice de l'alcool de contrebande.

— Le Nouveau-Mexique, par exemple. Les Indiens de la réserve en sont très friands.

— Je sais. Nous avons placé sous surveillance toutes les routes de l'État. Si jamais il tente de franchir la frontière, il sera pris.

— Je vous le souhaite. Pour en revenir aux deux assassinats, vous disiez qu'Aquista et Kerrigan avaient été tués avec la même arme.

— Exact. Danelaw est un de nos meilleurs spécialistes et il est positif à ce sujet.

— Quel est le calibre de l'arme du crime ?

— .38. Et Danelaw affirme qu'il s'agit d'un ancien modèle de police.

— Si Danelaw ne se trompe pas, Bozey n'a certainement pas tué Kerrigan.

— Si.

— Attendez, laissez-moi m'expliquer. Si ce que vous dites est vrai, ça ne tient pas debout psychologiquement. Cela signifierait que Bozey, au volant de son camion, est allé au motel pour descendre Kerrigan alors que la police était sur les dents, et toutes les routes surveillées. Vous croyez qu'il aurait eu le culot d'arrêter son camion devant le motel, en pleine nationale ? Trop risqué, à mon avis.

Westmore vint reprendre place à son bureau et se pencha en avant :

— Kerrigan était pour lui un témoin gênant. Et Bozey savait que Kerrigan projetait de s'enfuir avec Jo.

— Bozey s'intéressait surtout à son whisky. Kerrigan, une fois dans la nature, n'avait aucune raison de témoigner contre lui.

— Si, après avoir découvert que les vingt mille dollars étaient inutilisables.

— Bozey pensait au présent, pas à l'avenir. Et il devait se douter que même escroqué, Kerrigan ne lèverait pas le petit doigt pour le charger parce que, à ce moment, lui-même aurait été poursuivi. Je maintiens que Bozey n'a pas tué Kerrigan. Et, si c'est la même arme qui a servi dans les deux cas, il n'a pas davantage tué Aquista.

— Je ne vous suis pas. C'est certainement lui qui a tué Aquista. Il a évidemment pu repasser son .38 à Jo, pour qu'elle liquide Kerrigan.

— Bien improbable.

— Mais non ! Ce sont les deux seules hypothèses logiques.

— Il existe des affaires où tout est illogique.

Il me regarda de dessous ses paupières mi-closes.

— Il se peut, dit-il enfin, que vous ne m'ayez pas tout dit.

Je ne répondis pas, me levai et allai à mon tour me mettre près de la fenêtre.

— Alors ? fit Westmore.

— Rien de concret. De simples suppositions.

— Des suppositions valent mieux que rien. Je vous écoute.

Je revins vers lui.

— Meyer m'a parlé d'une arme qui ressemble beaucoup à celle dont on s'est servi pour tuer les deux hommes. Un .38, ancien modèle de police. Il se peut qu'il ne m'ait pas dit la vérité. D'un autre côté, pourquoi aurait-il menti ? Tout d'abord, c'est lui qui m'en a parlé, sans que je l'interroge. Évidemment, l'arme a pu disparaître et il se peut qu'il ait inventé une explication destinée à écarter tout soupçon de lui et des siens.

— Et cette arme, qu'en a-t-il fait ?

— Il prétend l'avoir donnée à sa fille Anne, l'automne dernier. Elle voulait se protéger. Elle avait peur de Tony Aquista. Remarquez, une fois encore, que je ne fais que répéter ce que Meyer m'a dit. Je ne vous garantis pas l'authenticité des faits.

Westmore me contempla d'un air songeur.

— Je croyais que vous travailliez pour Meyer.

— Plus. Nous avons eu une discussion qui s'est terminée par ma démission. Je n'ai pas aimé la façon dont il avait traité Anne il y a une dizaine d'années.

Il s'assombrit.

— Je vois, dit-il. La petite a eu peur de déposer

contre son père, c'est pour cela que l'affaire s'est terminée par un non-lieu.

— Incidemment, quelle est la réputation de Meyer, dans la région ?

— Actuellement, pas mauvaise du tout. Mais, du temps de sa jeunesse, c'était une véritable terreur. Il paraît que, durant la Prohibition, il se livrait à la contrebande d'alcool.

— Lui aussi ?

— Oui.

— Mr. Westmore, que pensez-vous du shérif ?

Il me foudroya du regard.

— J'en réponds comme de moi-même ! s'écria-t-il. Il travaille seize heures par jour pour un salaire de misère. Et si vous croyez qu'il a épousé une des filles Meyer pour son argent, vous vous trompez ! C'est l'homme le plus honnête que je connaisse. Il n'a qu'un mobile dans l'existence, c'est sa conscience.

Je passai machinalement la main sur mes blessures.

— Cela est-il également vrai de Danelaw ? demandai-je.

— Je crains de ne pas vous comprendre.

— Danelaw n'aurait-il pas « arrangé » certains faits ? Si, par exemple, ils aboutissaient à son propre service.

— Vous n'accusez tout de même pas Brandon Church !

— Je n'ai accusé personne. C'est vous qui avez déduit.

Westmore se frotta le menton d'un air songeur.

— Danelaw a une grande ambition dans la vie. Il voudrait être shérif.

— Qu'il aille, en ce cas, chez Meyer. Le vieux a installé une espèce de stand de tir dans son sous-sol. Il se peut que Danelaw y découvre quelques douilles provenant d'un .38, ancien modèle de police...

Je me dirigeai vers la porte.

— Il se peut également qu'il n'y découvre rien du tout.

22

Kate Kerrigan m'attendait dans ma voiture.

— J'avais peur de vous rater, dit-elle lorsque j'eus ouvert la portière. Alors, j'ai pris un taxi pour vous rejoindre devant le palais de justice. Au fait, Mr. MacGowan m'a téléphoné. Il désire vous voir et je lui ai dit qu'il n'avait qu'à venir chez moi. Il n'a pas été très explicite, mais je crois que cela concerne sa petite-fille. En tout cas, il m'a priée de n'en parler à personne d'autre que vous.

Je m'installai au volant et nous nous mîmes en route.

— Sam Westmore vous a-t-il parlé de ce qui m'attend ? demanda-t-elle tout à coup.

— Vaguement.

— J'aurai probablement des milliers de dollars à verser en impôts en retard et amendes.

— Je crois que Westmore va essayer d'arranger les choses. C'est un ami à vous, un ami sincère.

— Je sais. C'est surtout dans le malheur qu'on découvre ses véritables amis...

Elle se tut et nous fîmes le reste du chemin en silence. Au moment où je freinais devant la résidence des Kerrigan, elle se pencha tout à coup vers moi, me prit la tête entre les mains et m'embrassa sur la bouche. Elle m'embrassa une seconde fois lorsque la porte se fut refermée sur nous.

Nous étions chez elle depuis une dizaine de minutes quand la sonnette tinta. J'allai ouvrir.

MacGowan avait rasé sa barbe et la partie inférieure de son visage était plus pâle que le haut. Il était vêtu d'un complet de serge bleue et portait une cravate noire. Sans barbe, il paraissait plus âgé.

— Josephine est venue me voir, annonça-t-il en m'apercevant.

Je refermai le battant et l'entraînai vers un coin de la véranda.

— Est-elle là-bas, à l'heure qu'il est ? demandai-je.

— Non, elle est repartie. Elle voulait aller dans le désert, à la recherche de Bozey. Je lui ai demandé de rester avec moi, mais elle n'a pas voulu m'écouter. Elle m'a simplement demandé la route qu'il fallait prendre pour aller à Traverse.

— Traverse ? Mais c'est la ville où...

— Je sais. Apparemment, Bozey s'est réfugié là-bas et Josephine a décidé de l'y suivre.

Il s'appuya contre un pilier, l'air exténué.

— C'est elle qui vous a dit qu'il y était ? poursuivis-je.

— Non, mais je l'ai déduit. Lorsqu'ils sont venus me voir en septembre, nous avons évidemment parlé de Traverse, et Bozey a semblé porter un vif intérêt à mon récit. Il m'a même posé des tas de questions.

— Lesquelles ?

— Eh bien, où ça se trouvait et comment on s'y rendait.

— Et vous le lui avez dit ?

— Pourquoi ne l'aurais-je pas dit ? C'était avant l'incident... Traverse est au-delà de Baker. Vous prenez la nationale jusqu'à Yellow Ford, puis vous tournez à droite. Après une quinzaine de kilomètres, vous arrivez à Traverse.

— Comment sont les routes ?

— C'est une des questions que Bozey m'a posées. Il a prétendu qu'il aimait camper et qu'il irait un jour là-bas. Les routes ? Passables. Du moins elles l'étaient de mon temps. Évidemment, ça a pu changer depuis.

— Est-ce qu'il aurait pu y aller avec un camion de vingt tonnes ?

— Sûr. Le sol est dur.

— Et Jo est partie pour Traverse ?

— Je crois. Elle m'a même fait dessiner une petite carte.

— Me rendriez-vous le même service ?

— Non !

Puis, satisfait de son effet, il ajouta :

— Mais je vais y aller avec vous. Si vous avez besoin d'un coup de main, je ne serai pas de trop. J'ai encore bon pied bon œil. Enfin, pour les pieds ce n'est pas tout à fait vrai, mais pour ce qui est de l'œil...

— Allez m'attendre dans ma voiture, Mr. MacGowan, lui dis-je. Il faut que je prenne congé de Mrs. Kerrigan.

Elle me souhaita bonne chance et m'embrassa pour la troisième fois. Lorsque je rejoignis mon auto, MacGowan était installé à l'avant et je vis qu'il avait posé une carabine sur le siège arrière. Je pris place au volant et, tout en tournant la clé de contact, demandai :

— Qu'est-ce qui vous a décidé à venir me parler ?

— Je vous crois un homme loyal, Mr. Archer, et je me trompe rarement.

— J'essayerai de ne pas vous décevoir, Mr. MacGowan.

Nous démarrâmes. Arrivé au boulevard, je tournai en direction du sud. Le crépuscule tombait et des lumières s'allumaient déjà aux fenêtres. A l'horizon, les montagnes s'estompaient dans la brume et, dans le ciel, on apercevait quelques étoiles.

J'entendis tout à coup la voix de MacGowan. Il parlait comme dans un rêve :

— Pauvre Josephine ! Penser qu'elle est maintenant complice d'une bande d'assassins. Vous auriez dû la voir, lorsqu'elle m'a rendu visite tantôt. Décoiffée, dépenaillée, la terreur dans le regard. C'est à peine si je l'ai reconnue. Je ne pouvais pas l'abandonner à son sort. C'est une autre des raisons pour lesquelles je me suis dit : « Allons trouver Mr. Archer. » Vous m'aiderez à la tirer de là, dites, Mr. Archer ? Vous m'aiderez ?...

23

Nous nous arrêtâmes à Barstow pour avaler quelques sandwiches et du café, et à Baker où je fis vérifier la pression de mes pneus. La nuit était tombée et, avec elle, le froid. Nous franchîmes une chaîne de montagnes, descendîmes dans une vallée. D'autres montagnes se dressèrent devant nous après que nous eûmes quitté Baker. Nous roulâmes pendant une heure. En silence. Lorsque j'eus enfin atteint le pied de la montagne, MacGowan me poussa du coude et dit :

— Voilà Yellow Ford.

C'était un minuscule hameau où s'étaient agglomérés une dizaine de maisons, un magasin vendant de tout et une station-service. Un écriteau, planté devant cette dernière, annonçait que, moyennant une modeste somme, le touriste curieux pouvait voir, dans la cour, la plus belle collection de serpents à sonnette et autres reptiles de la région.

Je klaxonnai et un homme vêtu d'une chemise à carreaux rouges et verts parut sur le seuil de la station-service.

— Le plein, lui dis-je.

Il commença à pomper. Quand il eut fini, il vissa le bouchon du réservoir et s'approcha de moi :

— Vous ne voulez pas voir mes reptiles ? J'ai un cobra de plus d'un mètre cinquante de long.

— Désolé, répliquai-je. Je chasse une autre espèce de bête.

— Un homme, précisa MacGowan.

Il donna un signalement complet de Bozey.

Le pompiste secoua la tête.

— Je ne l'ai pas vu cette semaine.

— Mais vous le connaissez ?

— Si c'est le même rouquin, oui. Il est venu m'acheter de l'essence deux ou trois fois, le mois dernier.

— Quelle voiture conduisait-il ?

— Un coupé Buick.

— C'est bien lui ! s'écria MacGowan.

— Où vit-il ? demandai-je.

— Il ne me l'a pas dit. Quelque part dans les collines...

Il fit un geste de la main, indiquant le désert.

— Lors de son premier passage ici, il a acheté au magasin un sac de couchage et un poêle à alcool. Il a prétendu qu'il était prospecteur et qu'il cherchait de l'uranium. Prospecteur mon œil. Il n'aurait pas distingué du minerai de fer du minerai de cuivre...

Il jeta un coup d'œil au compteur.

— A son second passage, il m'a foutu la frousse, ce gars-là. Il me regardait d'un œil... Tenez, je ne suis pas peureux, mais je m'attendais d'un instant à l'autre à le voir brandir un feu, pour me faucher ma caisse. Heureusement qu'il est parti...

— A quand remonte son dernier passage ?

— Vers le milieu de la semaine dernière. Je me demande ce qu'il peut fiche dans le désert, ce garçon-là.

— Il se cache.

— Un déserteur de l'armée ?

— Pas seulement. J'ai entendu dire qu'il était passé ici, ce matin de bonne heure, au volant d'un camion avec remorque. Vous ne l'auriez pas vu ?

— Non, je n'ouvre qu'à huit heures.

— Ce soir, vous avez peut-être remarqué une jeune fille, une jolie brune, conduisant un coupé MG ?

— Ouais, je l'ai remarquée il y a deux heures, deux heures et demie. Mais elle ne s'est pas arrêtée.

MacGowan intervint :

— Est-ce que la route de Traverse est ouverte ? demanda-t-il.

— Je crois bien que oui. Il n'a pas encore neigé. Ouais, pour sûr, c'est ouvert, puisqu'un camion est passé aujourd'hui, en direction de Traverse.

— Un camion avec remorque ? m'écriai-je.

— Mais non, fit le pompiste. Celui-là, je vous ai déjà dit que je ne l'avais pas vu. C'était un autre, bleu, qui ressemblait à ceux dont on se sert pour les déménagements. Il est passé dans l'après-midi, vers quatre heures...

Il me rendit la monnaie.

— Si vous voulez atteindre Traverse ce soir, faites attention. La route est mal entretenue. Et puis, il y a les chutes de pierres.

Je le remerciai et démarrai.

MacGowan se pencha en avant, comme si ce geste pouvait accélérer notre allure.

— Josephine est là-bas, déclara-t-il.

— Pas seulement Josephine.

24

Les premiers kilomètres, nous les parcourûmes sans la moindre difficulté. Puis l'état de la route empira. Elle était pleine de trous et tournait en lacet. Un peu plus loin, je constatai qu'elle était recouverte d'une légère couche de sable. Celle-ci s'épaississait au fur et à mesure que nous avancions et deux de mes roues finirent par s'enliser. Je descendis, les dégageai. Au moment de remonter en voiture, j'aperçus des traces de pneus de camion. Je les examinai de près et découvris sous elles d'autres empreintes provenant également d'un camion. Mon cœur se mit à battre.

Je me redressai, éteignis ma torche. Alors que j'ouvrais la portière, un bruit de moteur parvint à mes oreilles. MacGowan, lui aussi, l'entendit. Il ouvrit la bouche, mais je posai un doigt sur mes lèvres et il la referma sans avoir parlé. Le bruit se rapprochait. Soudain, la lueur de deux phares illumina la route devant nous. J'éteignis les miens et tirai mon .38. MacGowan s'empara de son fusil.

Un bruit de klaxon retentit et, quelques secondes plus tard, un coupé s'arrêta à dix centimètres de mon capot. La portière s'ouvrit et une silhouette mit pied à terre. Mais le conducteur n'eut pas la force de se tenir debout et s'abattit sur la route, le nez en avant.

— Josephine ! s'écria MacGowan.

Je courus vers la jeune fille, ma torche allumée à la main.

Deux minces filets de sang coulaient de ses lèvres. Une atroce terreur se lisait dans son regard, mais elle n'était pas évanouie.

Elle tenta de se mettre sur son séant, mais ses forces la trahirent et elle retomba par terre, en poussant un gémissement.

Je la relevai et passai un de ses bras autour de mon cou.

— Je suis blessée, murmura-t-elle. Ils m'ont fait mal, très mal.

J'essuyai le sang qui continuait de couler de sa bouche. Ce n'est qu'alors que je m'aperçus que sa robe était déchirée jusqu'à la ceinture et que le haut de sa poitrine était couvert de bleus.

MacGowan la prit par l'autre bras et nous la ramenâmes vers ma voiture.

— Il fallait vous attendre à cela, dis-je à Jo. Les filles de votre espèce qui fréquentent les bandits finissent toujours par se faire assommer et ce n'est que justice. Vous faites suffisamment de mal aux gens, vous et tous ceux de votre espèce.

— Je n'ai jamais fait de mal à personne, pleurnicha-t-elle.

— Et Tony Aquista ?

— Ce n'est pas moi... Je ne savais pas...

— Et Kerrigan ?

— Il était déjà mort quand je suis arrivée au motel. Ce n'est pas moi qui l'ai tué.

— Qui, alors ?

— Je ne sais pas. Bozey non plus. Don et moi on devait se rencontrer là-bas, puisqu'on devait partir ensemble.

Elle se remettait peu à peu de son émoi. Tout à coup, elle fondit en larmes.

— Qu'est-ce que vous avez fait de l'argent que Bozey a donné à Kerrigan ? demandai-je à brûle-pourpoint.

Elle ne répondit pas, mais tourna légèrement la tête en direction du coupé.

— Josie, dit MacGowan, comment te sens-tu ?

— Un peu mieux, grand-père...

Je laissai le vieux s'occuper de la jeune fille et allai vers la MG que je fouillai consciencieusement. Sous le siège du conducteur, je découvris un paquet enveloppé de papier journal. J'en déchirai un coin. Des billets de vingt, cinquante et cent dollars. Neufs, comme s'ils sortaient de l'imprimerie. J'examinai le journal. C'était l'*Oregonian*, publié à Portland, et daté de fin août. Je pris le paquet et allai l'enfermer dans le coffre de ma voiture.

Jo se tenait debout, maintenant, et pleurait dans le gilet de MacGowan.

— Ils ont ouvert une des caisses de whisky, disait-elle, et se sont saoulés comme des porcs. Après, ils m'ont violée à tour de rôle.

MacGowan poussa un rugissement de fauve blessé.

— Les misérables ! hurla-t-il. Je les tuerai ! Combien étaient-ils ?

— Trois. Ils venaient d'Albuquerque, pour prendre possession du whisky. J'aurais dû rester avec toi, grand-père.

MacGowan souffla bruyamment.

— Et ton mari n'a rien fait pour les empêcher ?...

— Bozey n'est pas mon mari. Il les aurait sûrement empêchés, s'il avait pu. Mais ils lui avaient fauché son revolver et après ils l'ont battu jusqu'au sang.

Je touchai l'épaule de la jeune fille.

— Ils sont toujours là-haut, Jo ? demandai-je.

— Oui, ils étaient en train de charger l'autre camion quand je suis partie. Celui de Meyer est garé dans les vieux bâtiments des pompiers.

— Vous allez m'indiquer l'endroit, Jo.

Elle frissonna.

— Je ne veux pas retourner là-bas.

— Vous préférez rester seule ici ?

Elle me jeta un coup d'œil chargé de reproche, un autre à son coupé, puis, sans rien ajouter, monta dans ma voiture. Je me remis au volant. MacGowan s'installa à la droite de Jo, le fusil sur les genoux.

J'embrayai. L'auto eut quelque peine à démarrer mais, finalement, nous repartîmes.

— Est-ce que vous avez tué Kerrigan pour cet argent ? demandai-je à Jo.

— Non ! s'écria-t-elle. Ce n'est pas moi ! On devait se retrouver là-bas, rien de plus. Et je l'ai découvert dans son bureau, au milieu d'une mare de sang.

— Si ce n'est pas vous, pourquoi vous êtes-vous enfuie ?

— Parce qu'on m'aurait accusée de ce crime. Tenez, vous êtes le premier. Mais je n'aurais jamais tué Don Kerrigan. Je l'adorais !

MacGowan cracha par la portière.

— C'est pourtant vous qui avez pris l'argent, dis-je à Jo.

— Bien sûr, c'est moi. J'avais droit à cet argent, Don était mort, cet argent ne l'intéressait plus. Je l'ai trouvé par terre, dans le bureau. Je l'ai ramassé, puis j'ai pris une voiture et je me suis mise à la recherche de Bozey. Tout ce que je voulais, c'est qu'on ne m'arrête pas.

— C'est Bozey qui vous a dit de prendre l'argent avant de le rejoindre ?

— Non. Je ne devais pas le rejoindre. C'est avec Don que je devais partir. Lorsque j'ai quitté le motel, je ne savais même pas où chercher Bozey.

— C'est bien vrai, ça, confirma MacGowan. Je vous l'ai déjà dit.

Jo leva la tête et me jeta un regard de chien battu.

— Pourquoi me martyrisez-vous ? gémit-elle. Pourquoi m'obligez-vous à vous accompagner ? Vous devriez me relâcher. Je n'ai rien fait de mal. J'ai seulement pris cet argent. N'importe qui, à ma place, aurait agi ainsi...

Sa voix se raffermit.

— Gardez-le, cet argent. Personne n'en saura rien. Grand-père n'en soufflera pas un mot !

MacGowan fit entendre un ricanement de mépris.

— Cet argent ne vaut rien, annonçai-je. Vous ne le saviez pas ?

— Hein ? fit-elle, stupéfaite.

— C'est de l'argent provenant d'un hold-up, lui expliquai-je. Bozey avait commis une agression contre une banque, à Portland. Malheureusement pour lui, on avait relevé les numéros, il ne pouvait donc rien en faire. Vous ne saviez pas ça ?

— Je ne vous crois pas. Bozey attaquant une banque ? Ce n'est pas vrai !

— Et comment que c'est vrai ! Plus tard, s'apercevant qu'il ne pouvait pas dépenser ces vingt mille dollars, il a essayé d'escroquer Kerrigan.

— Vous êtes cinglé, déclara la jeune femme.

— Vous pensez que Bozey aurait donné vingt sacs à Kerrigan en sachant que c'était du bon argent ? Il n'était pas fou à ce point.

Elle se tut un long moment. Je la sentais trembler contre moi. A la fin, elle dit :

— Si ce que vous dites est vrai, je suis contente qu'on l'ait battu.

La montée devenait plus abrupte et il y avait des endroits où je devais passer en première. Et je conduisais prudemment, car la route n'avait d'une route que le nom.

— Jo, dis-je tout à coup.

— Je suis toujours là, ricana-t-elle. Qu'est-ce que vous me voulez encore ?

— Vous m'avez dit, l'autre soir, que vous deviez arrêter le camion d'Aquista mais que le plan initial avait été modifié. Pourquoi ?

— Don ne voulait pas que je risque d'être compromise, affirma-t-elle non sans fierté. C'était ça, la principale raison.

— Et les autres ?

— Eh bien, Don avait rendu service à un copain et celui-ci a voulu à son tour en rendre un à Don.

— En arrêtant le camion et en tuant Aquista ?

— Non, juste en arrêtant le camion. Don n'avait pas

prévu qu'on tuerait quelqu'un, Aquista ou un autre. Son copain l'a trahi.

— Qui était ce copain, Jo ?

— Don ne me l'a pas dit. Il m'a déclaré que moins j'en saurais, mieux ça vaudrait. Il voulait que je sois hors du coup, si l'affaire échouait.

— Ce n'était pas Church, le shérif ?

Elle ne répondit pas.

— Meyer ?

Toujours rien.

— Quel service Don avait-il rendu à son copain ?

— Pourquoi ne le demandez-vous pas à Bozey ? s'écria-t-elle. Lui est au courant. Don et Bozey étaient allés dans le désert, lundi soir,

— Qu'est-ce qu'ils y ont fait ?

— C'est une longue histoire, qui ne vous intéresserait sûrement pas.

MacGowan renifla avec mépris.

— Tu ne devrais pas répondre de la sorte à Mr. Archer, mon petit, dit-il. Tu devrais tout lui avouer.

— Tout lui avouer, le singea-t-elle.

Elle éclata de rire.

— Je n'ai rien à voir là-dedans. Je n'ai pas commis de crime. Le peu que je sais, c'est ce qu'ils m'ont dit.

— Qui ça ? demandai-je.

— Tony, et puis Don.

— Qu'est-ce que Tony vous a dit dimanche soir ?

— Don m'a bien recommandé de n'en parler à personne, mais maintenant qu'il est mort ça n'a plus d'importance. D'ailleurs, qu'est-ce qui a encore de l'importance ? Tony avait suivi Anne Meyer au lac Perdida samedi. Elle se trouvait au pavillon de Don, avec un gars. Tony s'est posté devant la fenêtre. Ce n'est pas la première fois que cela lui arrivait.

— Et qu'a-t-il vu ?

— Vous voulez que je vous fasse un dessin ? Enfin, je suppose que c'est ça qu'il a vu, car il n'a jamais voulu m'en parler. Il avait trop peur. Il avait un faible pour Anne Meyer et, en la voyant morte sur le plancher...

— Il l'a vue morte ?

— C'est ce qu'il m'a dit.

— Samedi soir ?

— Non. Samedi soir elle était bien vivante, avec un homme. C'est le lendemain qu'il l'a vue *kaputt*, car il y est retourné dimanche soir.

— Comment savait-il qu'elle était morte ?

— Je ne le lui ai pas demandé. Moi aussi, j'avais peur. Je craignais qu'il ne l'ait tuée, il était assez fou pour cela...

— Votre histoire ne tient pas debout, Jo, ou alors, un des témoins ment. Anne Meyer était vivante lundi. Votre grand-père l'a vue en compagnie de Kerrigan lundi après-midi.

— Je ne suis pas tellement sûr que c'était elle, me rappela MacGowan.

— C'était certainement elle, car le talon provient bien d'une chaussure lui appartenant. Aquista a dû se tromper. Il s'est peut-être simplement imaginé qu'elle était morte. N'était-il pas ivre, dimanche ?

— Si, confirma Jo, mais il n'a pas rêvé. Don est allé au pavillon lundi, après que je lui ai fait part des confidences de Tony, et il a vu le cadavre, tout comme ce dernier.

— Ce corps, où est-il maintenant ?

— Quelque part dans le désert. Don l'a mis dans sa voiture à elle et l'a transporté dans le désert.

— C'est ça le service qu'il avait rendu à son copain ?

— Oui. Mais il l'aurait fait de toute façon. Imaginez un peu la tête des flics, s'ils avaient trouvé le cadavre dans le pavillon. Don avait peur qu'on l'accuse de ce crime.

— A quel endroit du désert a-t-il abandonné le corps ?

— Je n'en sais rien. Je n'étais pas avec Don.

— Mais Bozey, lui, a été témoin ?

— Oui. Il a suivi Don dans le désert, et c'est lui qui l'a ramené.

25

Nous atteignîmes le col. Au-dessous de nous, la vallée était noire et mystérieuse. Par moments, néanmoins, on apercevait une petite lumière qui semblait se déplacer. J'éteignis les phares de ma voiture et coupai le moteur, me servant du frein dans la descente. C'était dangereux, mais il eût été plus dangereux encore d'annoncer notre arrivée à des gens qui, apparemment, avaient la détente facile.

Dix minutes plus tard, nous avions atteint la Grand-Rue de Traverse. Je m'arrêtai. A ma droite se dressait la carcasse d'un ancien restaurant, aux vitres brisées. A ma gauche, une maison à moitié écroulée.

A quatre cents mètres devant nous, on apercevait un rectangle de lumière. Deux silhouettes d'hommes allaient et venaient, transportant des objets lourds de l'intérieur du hangar vers un camion garé devant la porte et dont on ne voyait que l'arrière.

— C'est eux, murmura Jo. Je ne veux pas aller plus loin.

— Je n'ai pas l'intention de vous y emmener, déclarai-je. De combien d'armes à feu disposent-ils ?

— Je crois qu'ils sont tous armés, et l'un d'eux, celui que les autres appellent Faustino, a même une mitraillette.

— Tant pis pour nous. Vous allez descendre et vous tapir dans l'ombre entre ces deux maisons. Cachez-vous bien, on ne sait jamais ce qui peut arriver. MacGowan, votre fusil est-il chargé ?

— Vous en faites pas, Mr. Archer, je ne suis pas un novice.

— Toujours bon pied bon œil ?

— L'autre jour, j'ai atteint un dollar en argent à quatre cents mètres. S'il faisait jour, je pourrais abattre ces deux-là d'ici.

— Ne vous pressez pas. Attendez une dizaine de minutes. Vous ouvrirez le feu lorsque je me serai suffisamment approché. Mais n'épuisez pas toutes vos munitions, car, s'ils s'échappent, ils vont passer devant vous. Cette route est la seule qui mène à Traverse ?

— Oui, sauf les sentiers de montagne.

— S'ils tentent de s'échapper par ici, cachez-vous derrière la voiture et canardez-les au passage. Compris ? N'ouvrez le feu que dans dix minutes.

— Je n'ai pas de montre.

— Comptez jusqu'à cinq cents, lentement. Entendu ?

— O.K.

Il descendit de voiture et alla se tapir à l'ombre d'un pilier soutenant le toit de l'ex-restaurant. Jo se dirigea vers l'endroit que je lui avais indiqué. Je pris mon .38 et me mis en route vers la lumière, rasant les bâtiments. Je dépassai un salon de coiffure, un milk-bar, une mercerie. Tout était vide, désolé, abandonné. Et le seul bruit que l'on entendît était les cris des coyotes dans le désert.

A cent mètres du camion, je me mis à quatre pattes et commençai à ramper. Cela me ramena au bon vieux temps d'Okinawa, des lance-flammes, des bombardements. En m'approchant de l'adversaire, je constatai qu'ils étaient effectivement trois, le troisième homme se tenant à l'intérieur du camion. Ils étaient nus jusqu'à la ceinture et suaient à grosses gouttes. L'un d'eux avait le teint foncé, les yeux noirs et les cheveux crépus. Le second, maigre et élancé, avait un tatouage au bras droit. Du troisième, je ne voyais que l'ombre.

Tout en poussant une caisse dans le camion, le second dit au troisième :

— C'était une chouette môme. Je me demande ce qu'elle fait à l'heure qu'il est.

— Tais-toi, grand sentimental ! répliqua l'autre. On a d'autres chats à fouetter !

Leurs voix montraient qu'ils étaient ivres. Leurs mouvements aussi. Le brun apporta une caisse, la poussa à l'intérieur du camion et s'adossa un instant au véhicule pour essuyer la sueur de son front. Je calai mon .38 contre une grosse pierre et visai un de ses yeux. Une balle vint frapper la paroi du camion. Je tirai avant que le bruit du coup de feu de MacGowan parvînt à mes oreilles. L'œil du type parut éclater. Il se redressa, voulut faire un pas, puis piqua du nez dans la poussière.

Le maigre bondit à l'intérieur du garage. Dix secondes plus tard, j'aperçus le canon d'une mitraillette qui avançait prudemment. Je tirai. La mitraillette cracha feu et flammes. Je m'aplatis complètement, car le type savait viser et j'avais entendu ses balles siffler à cinq centimètres de mon oreille.

MacGowan tira deux fois. Surpris, mon adversaire dirigea son arme dans sa direction et se découvrit. Je le visai au ventre et appuyai deux fois sur la détente. Il trébucha, toussa, laissa tomber sa mitraillette, porta ses deux mains au ventre. Le moteur du camion se mit à vibrer.

Le blessé hurla :

— Attends-moi, espèce de salaud !

Le camion fit marche arrière, écrasant le corps de celui que j'avais abattu en premier. Le maigre s'accrocha au véhicule, parvint à se hisser à l'intérieur. Je déchargeai mon .38 sur lui au moment où il passait devant moi.

MacGowan tira trois coups encore, mais ils n'arrêtèrent pas le camion qui disparut au bout de la rue.

Bozey sortit du hangar pendant que je rechargeais mon pistolet. Il marchait comme un aveugle, jambes écartées, bras en avant. Il avait le visage tuméfié, les deux yeux au beurre noir.

— Mike... Clincher... Que se passe-t-il ?

Il trébucha contre le cadavre, se mit à quatre pattes, essaya de bouger le corps.

— Mike, réveille-toi !

Il se rendit compte tout à coup que l'autre était mort et poussa un cri de rage et de désespoir.

Je me dirigeai vers lui. Il entendit le bruit de mes pas et gémit :

— Qui est-ce ? Je suis aveugle, je ne vois plus rien. Ces salopards m'ont aveuglé !

Il parlait péniblement à travers ses dents brisées.

Je m'approchai de lui, écartai ses paupières. Il avait les yeux injectés de sang, mais rien n'indiquait qu'il fût aveugle pour toujours.

— Qui êtes-vous ?

— Nous nous sommes déjà rencontrés, Bozey. Deux fois.

Il me reconnut et tenta de me porter un coup, mais ses mouvements étaient aussi lents que ceux d'un somnambule.

— Tu n'en as pas encore assez, Bozey ? demandai-je.

Je le pris par le col de son veston et le redressai. Puis je le fouillai. Il n'avait pas d'arme, mais, dans une de ses poches, je découvris mon portefeuille et ma montre. Je les récupérai.

— Alors, Faustino s'est fait avoir ? demanda-t-il.

— Il a fait preuve d'imprudence.

— Et les autres ?

— Ils se sont enfuis dans le camion.

— Vous voulez les rattraper ? Promettez-moi de ne pas me remettre à la police et je vous indiquerai où les trouver.

— Ce ne sera pas nécessaire. Ils n'atteindront jamais le Nouveau-Mexique.

— Vous savez qui ils sont ? fit-il d'un ton déçu.

— Tes petits copains d'Albuquerque, sans doute.

— Ouais...

Il cracha par terre.

— J'ai fait la connerie de retravailler avec eux. D'habitude, je travaille seul, mais Faustino m'a offert vingt-cinq sacs pour les douze cents caisses de gnôle. Et je me suis laissé tenter, idiot que j'étais. La cargaison en valait quatre fois plus, au Nouveau-Mexique. Et, au moment de me régler, il m'a braqué sa mitraillette sur l'estomac et a donné l'ordre à ses copains de me tabasser.

Il se passa la main sur son visage enflé.

— Je regrette que vous ayez descendu Faustino, ajouta-t-il. J'aurais volontiers fait le boulot moi-même.

— Tu n'en aurais pas eu l'occasion, mon pauvre Bozey. Tu sais ce qui t'attend. La perpète, peut-être même la chambre à gaz.

— Vous en faites pas pour moi, flicaille. D'où venez-vous ? De Las Cruces ?

— De Los Angeles.

— Milice d'État ?

— Privé.

— Sans blague ? Pour qui travaillez-vous ?

— Pour moi-même.

— Mais c'est très intéressant, ça...

Il battit des paupières.

— Et si on s'entendait, flic de mon cœur ?

— Qu'est-ce que tu as à m'offrir ?

— Si je vous le disais, j'aurais plus d'atouts dans mon jeu. Et si on s'associait, vous et moi ? Y a beaucoup de choses à faire à Las Cruces. La ville est bourrée de fric, mais peuplée de petits-bourgeois. Nous deux, on leur ferait dépenser leurs sous.

— De quelle façon ? Et puis, les autorités s'y opposeraient peut-être.

— Les autorités, je m'en charge. Peu m'importe qu'on m'enferme pour quelque temps. Je dirigerai mes affaires de la taule.

— Je n'ai pas confiance en toi, Bozey. Tu as déjà voulu refaire Kerrigan.

Cela le fit taire, mais pas pour longtemps.

— A supposer même que j'aie voulu faire une entourloupette à ce pauvre idiot... J'en avais le droit, après tout. Il allait les mettre, avec ma petite amie. Elle voulait quelqu'un qui ait plus de classe que moi. C'était son droit. Mais moi, j'avais aucune envie de financer leur lune de miel. Mais ce que je vous offre est différent. C'est du sûr.

— Je voudrais en savoir davantage.

— Écoutez...

Il baissa la voix.

— Je sais quelque chose que personne d'autre ne sait. On pourrait le faire fructifier, qu'est-ce que vous en dites ?

— Hum... Qu'est-ce que c'est, ce quelque chose ?

— On est associés ?

— Je n'achète pas de chat dans un sac. Pour commencer, je vais te poser quelques petites questions. Pourquoi le shérif t'a-t-il laissé t'enfuir, hier soir ?

— J'ai jamais prétendu une chose comme ça.

— Quelle route as-tu prise ?

— Devinez-le, vous qui semblez tout savoir.

— Celle du col.

Il émit un petit sifflement.

— Vous êtes malin, dit-il. On pourrait s'entendre pour de bon. J'aime bien les flics qui sont pas des caves.

— Est-ce que tu as découvert quelque chose concernant le shérif, Bozey ?

— Ça se peut bien.

— Quelque chose que tu tiens de Kerrigan ?

— Kerrigan m'a rien dit. J'ai deviné tout seul.

— Au sujet d'Anne Meyer ?

— Vous êtes malin. On a retrouvé le corps ?

— Pas encore. Où est-il, Bozey ?

— Minute, minute, ne poussez pas. On est associés, vous et moi ?

— Si tu veux, mais je pose mes conditions. Indique-moi l'endroit où retrouver le corps, et j'essayerai d'adoucir ton sort. Que tu le veuilles ou non, tu coucheras en prison. Le D.A. a décidé de t'inculper de meurtre...

— Mais j'ai tué personne !

— Possible mais, avec ton casier judiciaire, tu étais le bouc émissaire tout indiqué. Et le D.A. a l'intention de te faire gazer pour l'assassinat d'Aquista et de Kerrigan.

— Doux Jésus, je ne savais même pas que Kerrigan... C'est Jo qui me l'a appris. Et j'ai pas seulement vu l'autre gars... comment l'appelez-vous déjà, Tony Aquista ?

— Tu t'expliqueras avec le D.A. On te gazera pour ces deux crimes même si tu n'en es pas l'auteur, à moins qu'il ne se trouve quelqu'un sous la main pour leur prouver que ce n'est pas toi. Coopère avec moi et je ferai de mon mieux pour réduire les accusations portées contre toi à leurs justes proportions. Cette fois, tu en as pour longtemps, à rester dans la grande maison, mais je m'emploierai à t'éviter une condamnation à mort.

Il se gratta la tête, l'air complètement égaré. Au moment où il ouvrait la bouche, un bruit terrible retentit dans le lointain, suivi d'une explosion. Bozey sauta comme un lièvre.

— Qu'est-ce que c'est ? haleta-t-il.

— Probablement tes copains d'Albuquerque.

Il renifla.

— Vous ne vous arrêtez devant rien.

— Ça dépend des circonstances.

— Et puis, qui me dit que je peux avoir confiance en vous ? Vous me promettez de m'aider, mais qu'est-ce qui me prouve que vous le ferez ? Personne ne m'a jamais aidé.

— Tu verras bien. De toute façon, tu n'as guère le choix, Bozey. Il est de ton intérêt de m'aider à retrouver le corps car, à mon avis, celui qui a tué Anne Meyer a également assassiné les autres.

— Y se peut que vous ayez raison.

— Qui est l'assassin, Bozey ?

— Si je le savais, je vous le dirais tout de suite. Mais, en attendant, je vais quand même vous indiquer l'endroit où Kerrigan a caché le corps. C'est dans un petit canyon, près de la Montagne-Double.

Il prit un mouchoir sale dans sa poche, s'essuya les yeux, battit des paupières.

— Tiens, dit-il, v'là la vue qui me revient. Tant mieux. En route, flic de mon cœur.

Nous allâmes jusqu'à la bagnole. Jo y était remontée et nous attendait, installée devant le volant.

— Une vraie réunion de famille, ricana Bozey en la reconnaissant.

La jeune fille lui jeta un coup d'œil furieux et ne dit rien.

— Où est votre grand-père, Jo ? lui demandai-je.

— Dans la montagne. On a entendu une grande explosion, tout à l'heure, et grand-père a pensé que le camion bleu était peut-être tombé dans un ravin.

— Je l'ai entendue aussi, cette explosion.

Jo se poussa et j'ouvris la portière. Bozey se mit entre nous deux. La jeune fille eut un geste de recul.

— Il faut vraiment que vous le mettiez là, après les tours qu'il nous a joués, à Don et à moi ? siffla-t-elle.

— Allons, allons, ma poulette, fit Bozey. Après tout, c'est de l'histoire ancienne.

— Tais-toi ! s'écria-t-elle. Tu n'es qu'un sale voleur. J'espère qu'on t'enfermera pour le restant de tes jours !

Nous avions quitté le hameau abandonné. A quatre ou cinq cents mètres de Traverse, je vis sur la route une silhouette brandissant un fusil. MacGowan. Il s'approcha de la voiture, boitant plus que jamais.

— J'ai l'impression qu'ils ont flambé, dit-il. Ils n'ont pas dû voir l'autre bagnole à temps.

— Ils ne l'ont pas volé, grogna Jo. Des salauds de leur espèce !

— Tu ne devrais pas parler comme ça, dit doucement MacGowan. Après tout, c'étaient des êtres humains.

— Tu parles ! ricana-t-elle. Des êtres humains. On voit bien que ce n'est pas toi qui es passé à la casserole !

MacGowan s'installa sur le siège arrière et nous roulâmes en silence jusqu'à l'endroit où Jo avait arrêté la MG. La petite voiture de sport était retournée, les roues en l'air.

Trois cents mètres plus bas, dans le ravin, le camion bleu achevait de se consumer.

26

De blanc, le ciel devint rose, puis le soleil se leva dans mon rétroviseur. Le désert, lui aussi, s'animait.

Je jetai un coup d'œil à Bozey. Il dormait, la tête appuyée contre l'épaule de Jo. La jeune fille l'observait sans rien dire. A l'arrière, MacGowan somnolait, tout en poussant par moments de petits grognements.

En arrivant au col de Tehachapi, je réveillai Bozey. Il me donna quelques indications d'une voix endormie. Conformément à ses instructions, je tournai à gauche cinq kilomètres plus loin. Effectivement, la route menait au fond du canyon encore plongé dans l'ombre.

J'aperçus quatre vautours qui volaient lentement à une certaine distance de nous. Le bruit de la voiture dut les effrayer, car ils s'éparpillèrent. Un ruisseau coulait à proximité et l'on entendait son gentil murmure.

— C'est là, dit Bozey en m'indiquant une voiture à moitié cachée par des chênes nains.

Je réveillai MacGowan, lui enjoignis de bien surveiller le prisonnier, descendis de voiture et allai jusqu'à la Chrysler. Vide. Mais le coffre était fermé à clé et je n'avais rien pour l'ouvrir. Je revins vers ma voiture, pour prendre un levier. Trois paires d'yeux anxieux m'accueillirent, mais ce fut MacGowan qui me posa la question que tous avaient au bout de la langue :

— Elle n'est pas là ?

— Je n'ai pas pu ouvrir le coffre, expliquai-je.

Muni de mon instrument, je parvins à l'ouvrir. Elle

s'y trouvait, comme je m'y attendais, les genoux ramenés vers la poitrine. Une grosse tache brune maculait le devant de sa robe et il manquait un talon à une de ses chaussures.

Je me sentis envahir d'une rage folle. Pourtant, elle n'était rien pour moi. D'elle je ne connaissais qu'une photo, mais c'est peut-être cette photo qui me faisait grincer des dents. Elle y était si belle, si jeune, si souriante.

27

Son corps reposait maintenant sur un chariot, à la morgue. Il était tout blanc, à l'exception des pointes des seins, d'un petit trou noir à l'endroit du cœur, et des deux incisions qu'on venait de lui faire.

Treloar, le médecin légiste, lavait ses instruments au-dessus d'un évier, dans le coin. Ils brillaient à la lumière fluorescente qui descendait du plafond.

Il se tourna vers moi et commença à ôter ses gants de caoutchouc.

— Vous voulez certainement me poser quelques questions.

— Avez-vous retiré la balle, docteur ?

Il acquiesça avec un sourire tout ce qu'il y a de professionnel.

— C'est la première chose que j'ai faite, déclara-t-il. Il a fallu que je passe le corps aux rayons X pour la découvrir. Elle avait traversé le cœur et s'était logée dans une côte, près de la moelle épinière.

— Puis-je y jeter un coup d'œil ?

— Je l'ai malheureusement remise à Danelaw il y a une heure. C'est une balle de calibre .38, mais il faudra qu'il l'examine au microscope avant de pouvoir affirmer si elle a été tirée avec l'arme dont on s'est servi pour tuer les deux autres victimes.

— Depuis combien de temps est-elle morte, docteur ?

— Je ne pourrai vous donner une réponse précise

qu'après l'analyse de certains organes. A première vue, je dirais une semaine, à vingt-quatre heures près.

— Donc, six jours au minimum ?

— Au minimum.

— Nous sommes samedi. Par conséquent, elle aurait été tuée dimanche au plus tard.

— Au plus tard, en effet.

— Se peut-il qu'elle ait été vivante lundi ?

— Pas une chance. Je ne fais que vous répéter ce que j'ai déjà déclaré à Westmore. Je suis scientifiquement certain de ce que j'avance. J'ai pratiqué plus de trois mille quatre cents autopsies, ici et outre-mer.

— Je ne mets pas votre compétence en doute, docteur.

— Je ne l'ai pas pensé. Ou bien votre témoin ment, ou bien il se trompe. Westmore croit à la première éventualité.

— Où est-il, le D.A. ?

— Quelque part dans le bâtiment. Essayez de voir dans la salle de chirurgie, où on est en train de recoudre votre prisonnier.

Treloar retourna à l'évier pour se laver les mains. Je me dirigeai vers la porte. Elle s'ouvrit avant que je l'eusse poussée et Church entra. Il passa à côté de moi sans me voir. Il n'avait d'yeux que pour le corps étendu sur le chariot. Treloar regarda par-dessus son épaule.

— Où diable avez-vous été, Brand ? demanda-t-il. Nous avons retardé l'autopsie de plus de deux heures, pour vous attendre.

Church ne l'entendit pas. Il fixait le corps d'Anne Meyer.

— Tu es morte, Anne, dit-il tout à coup d'une voix sourde. Tu es vraiment morte...

Treloar lui jeta un coup d'œil étonné et s'approcha du chariot, la serviette à la main. Mais Church ne voyait personne, ni lui, ni moi. Il était seul avec la morte, comme perdu dans un rêve. Tout à coup, il avança sa grosse patte et caressa le pied du cadavre, comme s'il voulait le réchauffer.

Treloar jeta la serviette sur une chaise et me rejoignit près de la porte. Nous sortîmes.

Le médecin légiste fit entendre un petit sifflement.

— J'ai entendu dire qu'il était amoureux de sa belle-sœur, déclara-t-il à mi-voix. Je n'aurais jamais pensé que c'était aussi sérieux.

Il avait l'air vaguement embarrassé.

— Cigarette ?

Je fis non de la tête. Moi aussi, je me sentais embarrassé. De l'autre côté de la porte métallique on entendait un bruit rauque, une espèce de sanglot. Mais Anne Meyer ne pouvait rien entendre.

— Excusez-moi, dit Treloar, je dois passer un coup de fil.

Il s'en alla, silhouette blanche qui disparut à un tournant du couloir.

28

Westmore se tenait adossé au mur dans l'antichambre de la salle des urgences. Il avait l'air fatigué et découragé. Ses lunettes elles-mêmes me parurent d'une propreté douteuse. En m'apercevant, il se redressa et avança ses épaules étroites.

— Bonjour, fit-il d'un ton agressif. Peut-on vous demander d'où vous sortez ?

— J'ai dormi deux heures.

— Vous en avez de la veine ! Moi, je n'ai pas seulement pu m'allonger. Si j'en crois certaines informations, vous et votre Vieux de la Montagne avez entrepris de jouer le rôle d'anges exterminateurs.

— Je ne vois pas comment nous nous y serions pris autrement. C'étaient des bandits dangereux.

Il poussa un grognement.

— Désolé de vous décevoir, Archer, déclara-t-il subitement, mais je suis maintenant persuadé que votre MacGowan n'est qu'un sacré menteur.

— MacGowan s'est trompé. Il n'a jamais clamé sa certitude que c'était bien Anne Meyer qu'il avait vue. Ce que je ne comprends pas, c'est comment le talon est arrivé là-bas. Or, c'est incontestablement celui d'Anne Meyer.

— Sans aucun doute. Apparemment, il a été déposé dans le bois par quelqu'un qui y avait intérêt.

— MacGowan a vu la femme le perdre.

— C'est ce qu'il prétend. Pour moi, c'est lui-même

qui l'y a déposé, après quoi il vous a raconté une histoire à dormir debout. Je l'ai fait arrêter, comme témoin de l'accusation.

— Et Jo ?

— Arrêtée également. Je l'interrogerai plus tard. Pour l'instant, mon témoin principal, c'est Bozey. Avec tout ce que nous avons réuni contre lui, il devrait se mettre à table sans hésiter.

— Ainsi donc, l'affaire est dans le sac ?

— Grâce à vous, Archer.

— Merci, mais je me récuse. Selon moi, l'affaire est loin d'être tirée au clair.

Il ne cacha pas sa surprise.

— Puis-je émettre une hypothèse, Mr. D.A. ? lui demandai-je.

— Vous n'êtes pas fatigué d'émettre des hypothèses, Archer ?

— Celle-là n'est pas fatigante. Supposons qu'un de vos collègues, officier de police, ait cherché à protéger des bandits. Quelle serait votre attitude envers lui ?

— Tout à fait négative, Archer. Je n'hésiterais pas à l'arrêter.

— Et si c'était justement l'homme chargé de la direction de la prison ?

— Vous voulez dire Brandon Church ?

— Oui. C'est lui que vous devriez interroger, avant de vous attaquer à Bozey.

Il posa une main sur mon bras.

— Vous n'êtes pas malade, Archer ? Vous avez vécu deux journées harassantes...

— J'ai connu pire. Si vous voulez connaître mon endurance moyenne, passez un coup de fil au D.A. de Los Angeles.

— C'est déjà fait, déclara-t-il. C'est ainsi que j'ai appris que vous ne vous embarrassiez d'aucune considération et que vous n'y alliez pas par quatre chemins. Vous vous êtes fait pas mal d'ennemis. Entre nous, ça ne m'étonne nullement.

— Mes ennemis, je les choisis.

— Toujours ?

— Généralement... Danelaw a-t-il trouvé quelque chose dans la cave de Meyer ?

— Quelques douilles, sur lesquelles il travaille actuellement. J'attends son rapport. Mais quels qu'en soient les résultats, Church n'y est pour rien. Cet homme n'est pas responsable de ce que fait son beau-père...

Son intonation était devenue hostile.

— Avez-vous la moindre preuve contre Church lui-même ?

— Rien que vous puissiez soumettre au grand jury. Je ne suis pas qualifié pour le questionner sur ses faits et gestes. Vous, oui.

— Vous voulez que je me rende ridicule ?

— Rira bien qui rira le dernier.

— Church et moi, nous avons travaillé ensemble pendant des années pour mettre un peu d'ordre dans cette ville. Vous ne connaissez pas ses états de service, sans quoi vous ne l'accuseriez pas de la sorte...

La voix de Westmore vibrait de sincérité.

— Brandon Church est un authentique idéaliste. C'est, en fait, le seul habitant de Las Cruces dont je puisse répondre comme de moi-même.

— Un homme peut changer. Changer même d'un jour à l'autre. J'ai vu Church se transformer littéralement sous mes yeux.

Il me fixa d'un regard anxieux.

— Le lui avez-vous dit ?

— Oui, hier après-midi. Il a tiré son pistolet et a failli me descendre. Je crois qu'il l'aurait fait si sa femme ne s'était pas interposée.

— Vous lui avez lancé vos accusations à la figure ?

J'acquiesçai.

— En ce cas, il avait de bonnes raisons de vouloir vous tuer. Où est-il maintenant ?

— Dans la salle d'autopsie, avec le cadavre de sa belle-sœur.

Westmore ouvrit brutalement la porte et suivit le

couloir, en direction de la morgue. Je passai, moi aussi, dans le corridor. Je vis le D.A. avancer la main, mais le battant s'ouvrit au même instant et le shérif apparut sur le seuil. Ils échangèrent à voix basse quelques paroles que je ne perçus pas. Puis, d'un geste décidé, Church écarta son interlocuteur de son chemin et se dirigea vers la sortie. Il passa devant moi sans me remarquer. On eût dit un homme en état d'hypnose.

Westmore revint lentement vers moi, les traits crispés.

— Si, dit-il, vous aviez à interroger Church, quelles questions lui poseriez-vous ?

— Je lui demanderais qui a tué Aquista, Kerrigan et Anne Meyer.

— Vous ne pensez pas, tout de même, que c'est lui ?

— Je pense qu'il cherche à étouffer un certain nombre de faits. Il a permis, hier soir, à Bozey de s'échapper au volant du camion de Meyer.

— C'est Bozey qui l'affirme !

— Il le laisse plus ou moins entendre. Mais il a eu peur de m'en dire plus long.

— Quoi qu'il dise, ses accusations ne vaudront rien pour ternir la réputation d'un homme comme Church.

— J'ai vu Church sur la route du col, à une heure du matin. Il avait renvoyé ses adjoints qui avaient établi là un barrage et assurait tout seul la garde de la route. Ne trouvez-vous pas cela bien étrange ?

— Vous êtes en train de vous contredire, Archer, déclara Westmore en levant la main. Church n'aurait pas pu se trouver à deux endroits en même temps. S'il était sur la route du col, il n'aurait pas pu tuer Kerrigan. D'ailleurs, êtes-vous certain que Bozey ait emprunté cette route ?

— Pour l'instant, je ne suis certain de rien.

— Je m'en doutais un peu, fit-il, l'air important. A mon avis, Bozey tente de se forger un alibi.

— Vous êtes obnubilé par Bozey, répliquai-je. Vous avez l'habitude de vous occuper de criminels professionnels, mais cette affaire est autrement compliquée, car s'y trouvent impliqués des professionnels et des amateurs.

— Je n'y vois rien de compliqué.

— Vous verrez bien, quand nous connaîtrons les réponses à toutes les questions.

— Je pensais que Church était votre principale réponse, Archer.

— Church me stupéfie. Vous aussi, il vous stupéfie. Ayez donc le courage de le reconnaître. Mais je crois que vous le défendez parce que vous avez pour cela de bonnes raisons.

— Je ne le défends pas. Il n'a pas besoin d'être défendu.

— La main sur le cœur, est-ce que vous ne le soupçonnez pas un peu ? Vous avez vu sa réaction, lorsqu'il a appris la mort d'Anne Meyer ?

— C'était sa belle-sœur. Et c'est un homme émotif.

— Vous voulez dire un homme passionné.

— Où voulez-vous en venir ?

— Elle était plus qu'une belle-sœur pour lui. Ils étaient amants.

Il se passa la main sur le front d'un geste las.

— J'ai effectivement entendu dire qu'il y avait quelque chose entre eux, admit-il, mais cela ne prouve rien. Bien au contraire, à mon avis. Cela prouverait plutôt qu'il est totalement étranger à sa mort.

— Vous n'avez pas envisagé le crime passionnel ? Il a pu la tuer dans une crise de jalousie.

— Vous n'avez pas vu son chagrin ?

— Si, mais un assassin peut éprouver du chagrin comme n'importe quel autre homme.

— De qui aurait-il été jaloux ?

— De pas mal de gens, dont je connais quelques-uns. D'Aquista, pour commencer. C'était un admirateur de longue date d'Anne Meyer. Il s'est rendu au lac Perdida samedi soir. Et ceci pourrait expliquer pourquoi il est mort. Et aussi l'emprise de Kerrigan sur Church, et la mort de Kerrigan.

— Church n'a pas tué Kerrigan, je viens de vous le démontrer.

— Il l'a peut-être fait tuer par quelqu'un. Tous les hommes travaillant sous ses ordres sont armés.

— Non ! s'écria Westmore du plus profond de son cœur. Je ne puis croire que Church ait tué ou fait tuer qui que ce soit.

— Interrogez-le. Si c'est un flic loyal, s'il reste encore un peu d'honnêteté en lui, il se peut qu'il vous dise la vérité. Cela pourrait même lui rendre service. Vous ne vous rendez donc pas compte de l'état dans lequel il est ? Il porte l'enfer en lui ! Donnez-lui une chance avant que le remords ne le consume.

— Vous paraissez bien certain de sa culpabilité, dit Westmore. Moi pas.

Mais il commençait à douter, cela se voyait à son expression. A la lumière fluorescente, son visage faisait penser à celui d'un fantôme.

La porte de l'antichambre s'ouvrit tout à coup et un médecin en blouse blanche parut sur le seuil.

— Vous pouvez l'interroger, Mr. Westmore, dit-il. Désirez-vous le faire dans la salle d'opération ?

— Non, fit sèchement Westmore. A la morgue.

— Très bien...

Bozey nous rejoignit quelques instants plus tard. Il avait la tête entourée de bandages qui lui cachaient un œil. Il jeta un regard de bête traquée en direction de la sortie, mais l'agent qui l'accompagnait porta la main à son étui. Le geste n'échappa pas à Bozey qui poussa un soupir de résignation.

Westmore prit la tête de la procession. Moi, j'en formais l'arrière-ban.

29

Treloar amena les chariots de la chambre froide. Aquista d'abord, Kerrigan ensuite, Anne Meyer enfin. Aquista avait les traits tirés. Le visage de Kerrigan faisait penser à celui d'un joueur de poker. Celui d'Anne Meyer ressemblait déjà à du vieux parchemin.

— C'étaient de beaux corps, dit le médecin légiste. En très bonne santé, tous les trois. Dommage qu'ils soient morts...

Il jeta à Bozey un regard entendu.

— Pourquoi m'a-t-on amené ici ? s'enquit Bozey d'une voix tremblante.

— Pour vous rafraîchir la mémoire, expliqua Westmore. Vos nom et adresse, je vous prie.

— Leonard Bozey. Vingt et un ans. Sans domicile. Sans profession. Sans espoir.

— Quand avez-vous vu Kerrigan pour la dernière fois ? demanda le D.A.

— Jeudi soir, vers minuit, je crois.

— Vous croyez ?

— Je ne pense pas qu'il était plus tard.

— Où l'avez-vous vu ? A son motel ?

— Non. Dans un restaurant de routiers, pas loin du motel. Je ne me souviens pas du nom.

— Le *Steakburger*, intervins-je. J'ai été témoin de l'entrevue.

— Je vous interrogerai plus tard, dit sèchement Westmore.

Se tournant vers Bozey, il reprit :

— Que s'est-il passé durant cette entrevue ?

— Je refuse de répondre, car cela peut m'incriminer.

Westmore sourit.

— Je sais, dit-il, qu'un paquet d'argent a changé de mains.

— Oui-i-i, convint Bozey à contrecœur.

— Qu'avez-vous fait après ?

— Je suis parti.

— Vous vous sauviez ? Pourquoi ?

— Je ne me sauvais pas. J'avais envie de faire une balade. J'aime conduire la nuit.

— Avant de faire votre balade, comme vous dites, n'avez-vous pas pris un revolver de calibre 38 avec lequel vous avez tué Kerrigan ?

— Non.

— Où est votre propre arme ?

— Je n'en ai pas. C'est illégal de se promener armé.

— Et vous n'avez jamais rien fait d'illégal ?

— Si, quand je ne pouvais pas faire autrement.

Westmore prit une profonde inspiration.

— Parlons un peu de ce camion que vous avez volé ! Et de cette banque que vous avez attaquée à Portland ! Vous ne pouviez pas faire autrement, non ?

— Je n'ai jamais été à Portland. Vous parlez de Portland, dans le Maine ?

— Non, de Portland, dans l'Oregon.

— Il y en a donc un ?

Westmore eut un sourire cruel.

— Pour quelqu'un qui a le sang de trois citoyens sur les mains, vous avez un drôle de culot, mon bonhomme !

— Je n'ai tué personne.

— Vraiment ! Regarde-les bien, Leonard, ça te rafraîchira la mémoire. Garde, faites-le avancer.

Le flic poussa Bozey vers le chariot sur lequel reposait Aquista.

— Je ne l'ai jamais vu, déclara Bozey.

— Comment avez-vous pu voler un camion et tuer le chauffeur sans voir ce dernier ?

— Je n'ai tué personne. Le gars n'était pas dans le camion et je n'ai pas exactement *volé* ce camion. Il se trouvait sur le bord de la route... Les gens ne devraient pas laisser leurs camions avec le moteur en marche.

— Oui, je vois, vous n'avez pas pu vous en empêcher. Comme vous n'avez pas pu vous empêcher de tuer Aquista.

— Je ne l'ai pas tué.

— Vous n'avez pas pris votre revolver et vous n'avez pas tué cet homme ?

— Je ne possède même pas de revolver.

La lutte se poursuivit durant une heure. Peu à peu, Bozey perdit de sa superbe, sa voix ne fut plus qu'une espèce de râle. Il transpirait tellement que ses pansements furent bientôt humides. Mais il se défendait pied à pied.

Moi aussi, je transpirais en me disant que j'aurais pu finir comme lui. Car, étant gosse, j'avais chapardé divers objets dans les magasins. Une fois j'avais même emprunté une voiture. Comme Bozey. Heureusement qu'un obstacle s'était dressé entre moi et une vie criminelle sous forme d'un agent de police qui, je m'en souviens aujourd'hui encore, puait le whisky à plein nez. Il m'avait surpris en train de voler un accu dans un magasin de Sears Roebuck. Je m'attendais à une correction. Le flic m'emmena dans un passage attenant au magasin. Au lieu de me tabasser, il me parla, il m'expliqua ce que je deviendrais si je continuais.

Chaque fois que je pensais à cela, le rouge me montait à la figure. Mais je cessai de voler. Bozey, lui, n'avait pas eu la veine de tomber sur un flic compréhensif.

30

Westmore poursuivait son interrogatoire lorsque le capitaine Danelaw entra et lui fit signe. Les deux hommes quittèrent la pièce. Un grand silence régna pendant quelques instants, puis je m'approchai de Bozey et dis :

— Leonard, tu es dans un foutu pétrin. Si tu ne te mets pas à table, je me demande si on va t'accorder une autre chance. Je crains qu'on ne te fasse inhaler du cyanure d'ici peu.

— Mais je n'ai rien fait ! protesta-t-il. Je suis innocent !

— Pas tant que ça. Tu as volé un camion, dont le chauffeur a été tué. Cela te fait complice du crime. Ton seul espoir est de devenir témoin de l'accusation et de t'en remettre à la clémence du tribunal.

Cela le fit réfléchir.

— Qu'est-ce que vous voulez que je dise ? demanda-t-il tout à coup.

— La vérité. Toute la vérité.

Il hocha la tête, désespéré.

— A quoi bon ? Vous ne me croirez pas, de toute façon.

— Essaie toujours.

— Vous me traiterez de sale menteur... J'attendais le camion sur la route. Kerrigan m'avait dit qu'il passerait vers les six heures. Il est effectivement passé, roulant à plus de cent. Puis je l'ai vu s'arrêter à sept ou huit cents mètres de l'endroit où j'étais. J'ai couru aussi vite que j'ai pu.

— Pourquoi s'était-il arrêté ?

— Il y avait une voiture, là-bas. Une décapotable Chevrolet de couleur verte. La Chevvy a démarré au moment où j'arrivais et c'est tout ce que je sais.

— Tu as vu la Chevvy qui s'éloignait ?

— Ouais.

— Et Aquista, cet homme — j'indiquai le cadavre du Mexicain —, était à l'intérieur ?

— Ouais, installé à l'avant... Ouais, c'était sûrement lui.

— C'est lui qui conduisait ?

— Non, il y avait une autre personne.

— Qui ça, Bozey ?

— Vous ne me croirez pas, dit-il. Je sais que ça ne tient pas debout.

— Dis-le toujours, on verra.

Il tendit ses mains menottées en direction d'Anne Meyer.

— C'est elle. Je pense que c'était elle.

— Tu as vu cette femme au volant de la Chevvy jeudi après-midi ?

— Je vous ai bien prévenu que vous ne me croiriez pas.

Treloar hocha la tête d'un air désapprobateur.

— Il faudra trouver mieux, mon vieux, dit-il. Ça fait plus d'une semaine que cette femme est morte.

— Tu as même vu son cadavre lundi soir, ajoutai-je.

Bozey renifla.

— A quoi bon ? pleurnicha-t-il. Vous ne voulez pas me croire quand je vous dis la vérité. Vous n'êtes qu'une bande de fumistes.

Il haussa la voix.

— Vous êtes tous de connivence avec le shérif. Vous voulez me faire gazer pour des crimes que j'ai pas commis ! Allez-y, condamnez-moi, exécutez-moi. J'en ai marre de respirer le même air que vous, salopards.

Le flic qui le gardait le gifla du revers de la main.

— Ta gueule, morveux ! fit-il. Que je ne t'y reprenne plus.

Je me mis entre lui et Bozey et demandai à ce dernier :

— Pourquoi as-tu parlé du shérif, Bozey ?

— Parce qu'il était sur la route du col pendant que je mettais les voiles avec le camion. Il était là avec sa maudite Mercury et m'a laissé passer comme s'il ne me voyait pas. Il n'a même pas tourné la tête. Je comprends maintenant pourquoi. Il voulait m'impliquer dans ces crimes. Il voulait que je sois inculpé d'assassinat.

— Tu ne seras pas inculpé d'assassinat si tu ne mens pas.

— C'est vous qui interviendrez en ma faveur ? Vous me faites marrer ! Ils vous feront marcher comme ils me font marcher.

— Pas moi, Leonard. J'en ai brisé de plus forts qu'eux.

Danelaw ouvrit la porte et passa sa tête par l'entrebâillement.

— Que se passe-t-il ? demanda-t-il. Que signifie cette discussion ?

— Simple conversation, expliquai-je. Westmore est dans le couloir ?

— Il est parti.

— Hein ?

— Mais oui. En mission officielle.

Je sortis dans le corridor.

— Il choisit le bon moment pour partir ! Juste à l'instant où Bozey se met à table.

— Il n'a pas pu faire autrement. Meyer l'attend au palais de justice...

Il redressa fièrement la tête.

— Je viens d'arrêter Meyer.

— Sous quelle inculpation ?

— Assassinat. Je me suis rendu chez lui, hier soir, et, avec son autorisation, j'ai fouillé sa maison de fond en comble. Il croyait sans doute que j'étais sur l'autre affaire, la disparition de sa fille. Mais je suis descendu au sous-sol et j'ai ramassé les douilles qui traînaient par terre. Mon vieux, il avait installé là-dedans un véritable stand de tir ! J'en ai ramassé quelques-unes qui étaient en assez bon état, et je les ai examinées au microscope. Sur le coup, je n'en ai pas cru mes yeux.

« Toutes provenaient de l'arme avec laquelle on a assassiné ces trois personnes.

— Vous en êtes sûr ?

— Je peux le prouver devant n'importe quel tribunal. Attendez de voir mes agrandissements. Je peux le prouver même si on ne retrouve jamais l'arme. Vous ignorez peut-être que Meyer avait un permis de port d'arme pour un revolver de calibre 38. Je lui ai demandé où se trouvait ce revolver avant de l'arrêter. Il m'a raconté une histoire à dormir debout.

— Mais encore ?

— Il m'a dit qu'il l'avait prêté à sa fille, l'automne dernier, et qu'elle ne le lui avait jamais rendu. Il ment, bien entendu.

— Je le pensais aussi, hier. Aujourd'hui, je n'en suis plus tellement certain.

— Il ment, vous dis-je ! Il ne peut pas faire autrement. Il n'a pas d'alibi. Il prétend être resté tout seul, dimanche. Jeudi, a-t-il dit, son autre fille peut témoigner qu'il n'est pas sorti de chez lui. Mais, d'après elle, il n'est rentré qu'à sept heures du soir. Il a alors affirmé qu'il avait oublié qu'il était allé faire une petite balade, pour prendre l'air. Et pas davantage d'alibi pour le soir où Kerrigan a été descendu.

— Pas de motif, non plus.

— Si, il en avait un. Aquista et Kerrigan ont été les amants de sa fille et... — ses narines se pincèrent — ... je crois que le vieux Meyer n'était pas tellement content.

— Jolie histoire, dis-je. Vous l'avez racontée au shérif ?

Il parut mal à l'aise.

— Je ne l'ai pas vu. De toute façon, je lui ai évité le

pénible devoir d'arrêter son beau-père et j'ai procédé à l'arrestation moi-même.

— Et Westmore vous a félicité ?

— Pas exactement, mais il a reconnu que ça tenait debout. Vous pas ?

— C'est à voir. Je vous donnerai ma réponse définitive après une dernière petite enquête personnelle. Meyer a une Lincoln, n'est-ce pas ?

— Ouais. Mais il a aussi une vieille Chevvy...

— Décapotable, de couleur verte ?

— C'est ça. Je vais les examiner, ces deux voitures. On les a sûrement vues, l'une ou l'autre, à un endroit proche des trois crimes.

— Je peux vous éviter beaucoup de peine et pas mal d'ennuis, Danelaw. Entrez donc dans cette pièce — j'indiquai la morgue — et interrogez Bozey au sujet de la voiture dans laquelle il a vu Aquista jeudi après-midi.

Danelaw obéit. Moi, je me dirigeai vers la sortie.

31

Hilda Church ouvrit la porte et me jeta un regard gêné. Elle portait une robe d'intérieur et faisait penser à une ménagère qu'on dérange pendant qu'elle nettoie la maison de fond en comble.

— Votre mari est-il à la maison, Mrs. Church ? m'enquis-je.

— Je crains que non.

— Je l'attendrai.

— C'est que... j'ignore quand il sera de retour.

— Ça n'a aucune espèce d'importance. J'ai à vous parler également.

— Je regrette, mais je n'ai pas envie de parler, ce matin.

Elle essaya de refermer la porte, mais je l'en empêchai.

— Vous feriez mieux de me laisser entrer, Mrs. Church.

— Non, je vous en supplie... Brandon serait furieux si, en revenant, il vous trouvait avec moi !

De nouveau, elle essaya de refermer le battant.

— Allez-vous-en, Mr. Archer, soyez raisonnable ! Lorsque Brandon reviendra, je lui dirai que vous êtes passé.

— Je veux entrer, Mrs. Church.

Je poussai la porte et forçai Hilda Church à battre en retraite. Elle recula jusqu'au pied de l'escalier, bras ballants, ses doigts se refermant spasmodiquement. Je marchai sur elle. Elle recula encore, cette fois en direction du living-room. Pas à pas, comme un automate. Lorsque nous fûmes enfin au salon, elle jeta autour d'elle un regard hébété.

— Qu'est-ce que vous voulez de moi ? fit-elle d'une voix à peine perceptible.

— Vous avez tué votre sœur avec le revolver de votre père. Voulez-vous que nous en parlions, Mrs. Church ?

Elle me fixa, l'air de ne pas comprendre, puis battit des paupières et déclara cependant que des frissons secouaient son corps :

— J'aimais ma sœur... Je ne voulais pas... Je n'avais pas l'intention...

— Mais vous l'avez fait !

— C'était un accident... Le revolver est parti tout seul, pendant que je le tenais à la main... Anne m'a regardée, puis elle est tombée sans rien dire.

— Pourquoi l'avez-vous tuée ? Vous prétendiez l'aimer.

— C'est la faute d'Anne. Elle n'aurait pas dû faire ce qu'elle a fait. Elle n'aurait pas dû lui céder... Vous savez, j'ai beaucoup réfléchi depuis que c'est arrivé... Mais j'avais beau réfléchir, mon opinion ne changeait pas. C'est la faute d'Anne. On ne peut blâmer père... je veux dire Brandon, de l'avoir fait. Après tout, c'est un homme.

— Je ne comprends pas comment c'est arrivé, Mrs. Church. Vous en souvenez-vous ?

— Pas très bien. J'y ai trop réfléchi, alors j'ai un peu oublié ce qui s'est passé.

— Est-ce dimanche que cela s'est produit ?

— Oui, dimanche matin, de bonne heure, là-bas, au pavillon. J'étais allée au pavillon pour m'entretenir avec Anne. J'avais juste l'intention de lui parler. Il fallait que quelqu'un la raisonne. Ça ne pouvait pas continuer...

— Vous étiez au courant depuis longtemps ?

— Je m'en doutais depuis des mois. Je voyais la

façon dont Brand la regardait, et la façon dont elle se comportait avec lui. Ça ne trompe pas. Tenez, il lui arrivait d'être assis dans son fauteuil, et elle, elle passait si près que sa jupe le touchait. Et puis ils ont commencé à passer les week-ends ensemble. Samedi dernier, par exemple. Brand m'avait dit qu'il avait une réunion d'amicale à Los Angeles. J'ai appelé l'hôtel où il était censé être descendu et on m'a dit qu'on ne l'avait pas vu. Il était avec Anne. Mais je ne savais pas où ils se trouvaient.

« Puis Tony Aquista est arrivé, samedi soir. Il était tard, minuit passé. Il m'a tirée du lit. Il est vrai que je ne dormais pas. Je songeais à Anne et à Brand... Il m'a tout dit, Aquista...

Elle porta les mains à sa poitrine et poussa un soupir.

— Qu'entendez-vous par « tout » ?

— Il m'a appris qu'il avait suivi Anne jusqu'au lac Perdida et qu'il l'avait vue en compagnie de Brand. Ils étaient allongés sur la peau d'ours, au salon, tout nus. Tony a même entendu ce qu'ils disaient. Ils étaient ivres, tous deux, et Anne lui tenait des propos obscènes.

« Tony, quand il est venu, était également ivre, et je savais qu'il haïssait Brand, mais il disait la vérité. Je suis restée éveillée toute la nuit, me demandant ce que je devais faire. Lorsque les cloches ont commencé à sonner, dimanche matin, pour la messe, j'ai pensé à celles qu'on avait sonnées lors de mon mariage. Et elles ont continué de sonner à mes oreilles jusqu'à ce coup de feu...

Elle frissonna.

— Et votre mari, demandai-je, où était-il lorsque cela s'est passé ?

— Il était parti avant que je n'arrive.

— Et à qui avez-vous pris le revolver ? A votre père ?

— C'était le revolver de père, mais ce n'est pas lui qui me l'a donné. C'est Anne.

— Votre sœur ?

— Oui...

Elle acquiesça d'un mouvement de tête un peu mécanique.

— C'est sûrement elle. Qui d'autre aurait pu me le donner ? Et puis, le revolver s'est soudain trouvé dans ma main.

— Pourquoi vous l'aurait-elle donné ?

— Je ne sais pas ! Je vous le jure, Mr. Archer. Je ne m'en souviens plus.

Elle avait l'expression d'une personne en transe.

— Plus j'y pense et moins je m'en souviens. La seule chose dont je sois sûre, ce sont ces cloches, et ce coup de feu. Quand Anne est tombée, j'ai eu très peur. Je ne savais que faire. Alors, je me suis enfuie.

— Mais vous êtes revenue au pavillon ?

— Oui. Lundi. Je voulais m'occuper des funérailles d'Anne. Je pensais que, si je l'enterrais, je pourrais l'oublier un peu, ne pas songer tout le temps à elle.

— Kerrigan était-il dans le pavillon ou bien y est-il arrivé pendant que vous vous y trouviez ?

— Il est venu pendant que j'y étais. J'essayais de traîner le ca... je veux dire Anne, jusqu'à la voiture. Mr. Kerrigan m'a offert de m'aider. Il m'a dit qu'on ne pouvait pas laisser le corps là-bas, sans quoi lui-même serait soupçonné de meurtre. Et il m'a emmenée dans les bois, à un endroit, dit-il, où nous pourrions enterrer ma sœur. Et puis, cet affreux bonhomme barbu nous a surpris...

Une lueur de colère brilla dans son regard.

— C'est à cause de lui que je n'ai pas pu enterrer Anne de façon décente. Il m'a fait tomber et je me suis blessée au genou.

— Et vous avez perdu votre talon ?

— Oui. Comment l'avez-vous deviné ? Anne et moi portions le même genre de chaussures et nous avions la même pointure. Mr. Kerrigan a dit que, si nous changions de chaussures, elle et moi, personne ne s'en apercevrait. Et j'ai laissé *ses* chaussures dans son appartement lorsque je m'y suis rendue pour détruire les preuves.

— Quelles preuves ?

— Mr. Kerrigan ne me l'a pas dit. Il m'a simplement déclaré qu'il y avait des preuves contre moi chez Anne et que je devais les détruire.

— C'étaient surtout des preuves contre lui. Votre sœur le faisait chanter.

— Non ! déclara-t-elle doucement, mais avec fermeté. Vous vous trompez. Anne aurait été incapable d'une chose comme cela. Elle était un peu fofolle, mais elle n'aurait fait de mal à personne.

— Beaucoup de gens font du mal sans le vouloir, Mrs. Church.

— Non, vous ne comprenez pas... Mr. Kerrigan voulait m'aider. Il m'a dit que ce serait injuste si je devais souffrir à cause d'Anne, par la faute d'Anne. Nous avions mis le corps dans le coffre de la voiture et il m'a offert de le conduire et de le déposer dans un endroit où personne, jamais, ne le découvrirait.

— Et que vous a-t-il demandé en échange de son « aide » ? Un autre « accident » ?

— Je ne me souviens pas...

Mais son regard cherchait à éviter le mien.

— Je vais vous rafraîchir la mémoire, dis-je. Kerrigan vous a ordonné de vous trouver sur la nationale, jeudi après-midi. Vous deviez arrêter le camion de Tony Aquista et l'obliger à monter avec vous. Vous vous êtes rendue chez votre père d'une part pour vous créer un alibi, d'autre part pour lui emprunter sa Chevvy verte. Pourquoi justement la voiture de votre père ?

— Mr. Kerrigan a dit que Tony la reconnaîtrait et ne se méfierait pas.

— Il a pensé à tout, n'est-ce pas ? Ou, du moins, à presque tout. Ce qu'il ignorait, c'est que vous aviez une raison de tuer Aquista.

— Moi ? Je ne vous comprends pas.

— Aquista pouvait deviner que vous aviez assassiné votre sœur...

— Mr. Archer, je vous interdis d'employer ce mot !

Elle paraissait sincèrement indignée.

— Il est vulgaire et grossier ! N'employez plus ce mot, je vous prie, Mr. Archer.

— C'est pourtant le mot qui convient, Mrs. Church. Et qui s'applique aux trois crimes. Vous avez assassiné Aquista pour le réduire au silence. Puis vous l'avez jeté dans le fossé. Ensuite vous êtes retournée chez votre père, pour renforcer votre alibi. Ce qui ne laissait plus qu'un seul témoin de votre crime — Kerrigan.

— A vous entendre, se plaignit-elle, on croirait que j'ai prémédité tout ça. Ce n'est pas comme cela que les choses se sont passées. Lorsque Tony est monté dans ma voiture, je lui ai dit la première chose qui m'est passée par la tête, à savoir que père avait eu un accident. Je n'avais pas l'intention de tuer Tony, mais il a vu le revolver sur le siège et cela l'a rendu méfiant. Il a voulu s'en emparer. Je n'avais pas confiance en lui. J'ai tenté de le lui reprendre.

— Et, je suppose, le coup est parti tout seul ?

— Oui, répliqua-t-elle d'un ton tout à fait naturel. Tony s'est plié en deux et il a commencé à râler, comme cela...

Elle tenta d'imiter le bruit.

— Je ne pouvais pas rester avec lui, dans la voiture. Il me faisait de la peine. Alors, j'ai ouvert la portière et je l'ai poussé... Comme cela...

Une fois de plus, j'eus droit à la démonstration.

— Mais le revolver est parti tout seul une troisième fois, Mrs. Church. Vous vous en souvenez ? Dans le bureau de Kerrigan.

— Oui, je m'en souviens...

Sa voix se raffermit.

Avouer ce troisième crime semblait lui redonner des forces.

— Mais ce n'était pas un accident. Les autres oui. Je

vois que vous ne me croyez pas, mais je vous dis la vérité. Mr. Kerrigan, je l'ai tué parce que je ne pouvais pas faire autrement. Il avait raconté à Brand les précédents accidents. Je devais l'empêcher de le révéler à des personnes non qualifiées. Le soir où j'ai tué Mr. Kerrigan, Brand m'avait enfermée, mais il a dû sortir. J'ai brisé les carreaux d'une fenêtre et me suis rendue au motel. Mr. Kerrigan se trouvait dans son bureau. Je suis entrée et j'ai tiré. J'éprouvais un certain remords, après tout, il m'avait aidée, mais qu'auriez-vous fait à ma place ?

Je crus qu'elle se moquait de moi, mais non, elle était sérieuse.

— Vous avez battu tous les records, Mrs. Church, lui dis-je d'une voix un peu tremblante. Où avez-vous appris à tirer si bien ?

— Eh bien, c'est d'abord père, ensuite Brandon... J'étais devenue une très bonne tireuse, Mr. Archer.

— Où avez-vous caché le revolver dont vous vous êtes servie ?

— C'est Brandon qui l'a. Il l'a trouvé là où je l'avais caché. Je suis contente qu'il l'ait trouvé.

Je lui jetai un coup d'œil interrogateur.

— Je ne veux pas commettre d'autres crimes, expliqua-t-elle. Je hais la mort et la violence. J'ai toujours été comme ça. Quand j'étais petite, je n'osais même pas enterrer un chat crevé ou toucher une souris morte prise au piège. Tant que je savais ce revolver à portée de ma main, je n'étais pas tranquille.

— J'en connais plusieurs autres...

Elle ne répondit pas. Elle avait une expression extatique, comme si elle entendait quelque concert céleste.

Une voiture s'arrêta devant la maison.

32

J'attendis Church mon .38 à la main. Il se dressa tout à coup sur le seuil, le visage hagard sous le large bord du Stetson. Automatiquement, sa main se porta à son étui, mais il n'acheva pas son geste.

— Je pensais bien que vous auriez le dernier mot, fit-il d'un ton las.

— Vous auriez dû me tuer lorsque vous en aviez l'occasion. Maintenant c'est trop tard. Et, sans prétendre être aussi bon tireur que votre femme, je sais me servir d'un automatique.

— Je ne vous provoque pas en combat singulier, Archer. Je ne veux pas avoir votre sang sur les mains.

— Faites-les voir un peu, vos mains.

Il les tendit, paumes ouvertes. Je le délestai du revolver de calibre 38 qu'il avait dans sa poche. La crosse était tout usée d'avoir servi. Je fis tourner le barillet. Huilé et chargé.

— Prenez-le, dit le shérif d'un ton morne. C'est celui que vous cherchez.

Du revolver, son regard se porta sur sa femme. Elle avait reculé jusqu'à la porte vitrée du patio et ses yeux brillaient d'une flamme étrange. On y lisait néanmoins une espèce de pitié, et je me demandai de qui Hilda avait pitié. D'elle-même peut-être.

— Tu lui as tout raconté, Hildie ? demanda Church.

Elle acquiesça.

— Alors, vous savez tout, me dit-il.

— Oui. D'où venez-vous ?

— J'ai fait une grande balade. J'avais pensé un instant que je pouvais fuir cette ville et recommencer mon existence ailleurs.

— Pourtant, vous êtes revenu.

— Oui, car j'aurais eu honte de moi, d'avoir fui le danger et les désagréments... Et puis, je ne pouvais pas laisser Hilda seule. On aurait fini par découvrir la vérité. Et je suis bien plus coupable qu'elle.

Elle gémit, puis éclata en sanglots.

— Brandon, je ne veux pas t'entendre parler ainsi. Est-ce que je peux sortir ?

— Tu ne te sauveras pas ?

— Je te le promets.

— Tu ne tenteras pas de te faire du mal ?

— Non, Brandon.

— Alors, tu peux sortir... pour un instant...

Il se tourna vers moi pendant qu'elle ouvrait la porte du patio.

— Ne craignez rien, elle ne se sauvera pas. C'est un endroit qu'elle adore. D'ailleurs, il ne lui reste plus beaucoup de temps.

— Vous l'aimez toujours ?

— C'est mon enfant bien plus que ma femme. C'est ça la tragédie, Archer. Je ne puis lui en vouloir, elle n'est pas responsable. C'est moi qui suis à blâmer. Elle a agi en état d'aberration mentale, sans savoir ce qu'elle faisait. Tandis que moi, je savais... Et voici venir le moment de payer.

Il ouvrit ses larges mains et les contempla.

— Tout a commencé jeudi, lorsque Kerrigan m'a appris ce qu'elle avait fait. Il s'était permis de lâcher quelques allusions pendant que nous étions, vous et moi, à son motel. Je suis allé le trouver plus tard, et il m'a tout dit. C'est ce jour-là que j'ai su qu'Anne était morte.

« Je ne cherche pas à excuser mon attitude, mais je ne pense pas que j'aurais agi pareillement en d'autres circonstances. La mort d'Anne fut pour moi un choc terrible. Je ne m'y attendais pas. Lorsque je l'avais vue, pour la dernière fois, il faisait beau, un magnifique soleil luisait... Nous étions heureux !... Bon Dieu, voilà que je deviens sentimental... Mais lorsque Kerrigan m'a appris ce qui s'était passé, j'ai eu l'impression que le monde entier s'écroulait autour de moi. Anne était morte et ma femme avait tué deux personnes. Kerrigan me nargua, il essaya de me briser, et je crois qu'il y parvint. Il me mit le marché en mains et j'eus la lâcheté d'accepter. Je suis allé me poster sur la route du col et... Vous aviez raison, Archer. J'ai laissé échapper un criminel... C'est probablement la chose dont j'ai le plus honte dans cette affaire.

— Le criminel a été retrouvé et il est sous les verrous.

— Je sais, mais je n'en ai pas moins commis un acte indigne.

J'étais embarrassé des deux armes que je tenais à la main et je les glissai dans mes poches. Je ne craignais plus Church.

— Vous n'êtes pas le seul, avouai-je. Moi aussi, il m'est arrivé d'agir de façon indigne.

— Vous n'êtes pas un fonctionnaire assermenté. Auriez-vous changé d'opinion à mon égard ?

— Je me trompais. Je me rétracte et retire tout ce que j'ai pu vous dire de blessant hier. Oubliez-le.

— Je ne peux oublier la vérité, Archer. Depuis quarante-huit heures, j'ai parcouru la région, prétendant que j'étais à la recherche des criminels. En fait, je voulais retrouver le corps d'Anne. Kerrigan n'avait pas voulu me révéler l'endroit où il l'avait caché. Maintenant, on l'a découvert et j'en suis heureux. Je suppose que Westmore va réunir le grand jury et porter des accusations précises contre moi.

— Il ne pourrait pas les étayer par des preuves. N'oubliez pas que je suis son principal témoin.

— Vous feriez ça après la façon dont je me suis conduit avec vous ? demanda-t-il, surpris.

— Oui.

— Vous n'êtes pas un homme normal.

— Dites même que je suis anormal, vous seriez plus près de la vérité. Je connais les individus dans votre genre. Vous retireriez satisfaction d'expier vos péchés, vous éprouveriez même une joie masochiste à passer quelques années en prison. Eh bien, vous ne l'aurez pas, ce plaisir. Du moins pas avec mon aide. Je ne prétends pas que vous soyez innocent, je dis même que vous êtes coupable. Mais vous l'êtes sans arrière-pensée, un peu à la façon d'un simple d'esprit. Vous avez commis de nombreuses fautes. La pire a été de laisser Hilda seule après qu'elle eut commis deux crimes. Kerrigan n'est pas une bien grande perte pour l'humanité, mais imaginez un peu qu'elle ait tué quelqu'un d'autre, un homme bien ?

— Je sais que je n'aurais pas dû la laisser seule, mais j'agissais sous contrainte. Kerrigan avait exigé que je me trouve sur la route du col. J'aurais dû emmener Hilda dans un asile d'aliénés, mais, ce soir-là, je ne savais pas très bien ce que je faisais.

Il tourna la tête et regarda en direction du patio. Hilda se tenait près d'un citronnier, en train de contempler les fleurs blanches. Elle semblait perdue, comme si, tout à coup, elle s'était trouvée dans quelque jardin inconnu, étranger. Church poussa un juron, arracha son chapeau, le lança contre un mur puis s'assit dans un fauteuil et enfouit sa tête dans ses mains. Je m'installai sur une chaise, en face de lui.

Lorsqu'il découvrit enfin son visage, il me sembla que ses rides étaient plus accentuées, ses joues plus creuses, ses yeux davantage enfoncés dans les orbites.

— Hilda va passer un bon moment derrière les barreaux, dis-je. Le tout est de savoir si ce seront ceux d'une prison ou d'un asile. Est-elle folle ?

— Ce sera au jury de décider, déclara-t-il. Elle est certainement déséquilibrée, vous vous en êtes sans doute rendu compte. Depuis que je la connais, elle n'a jamais été complètement normale. C'est peut-être une des raisons pour lesquelles j'ai demandé sa main. Elle me faisait pitié. La vie, avec le vieux Meyer, la rendait cinglée. Je me suis dévoué.

« Au début, ça n'alla pas trop mal. On s'entendait à peu près... Si nous avions eu des enfants, tout se serait arrangé... Je désirais un fils... Mais Hilda, elle, ne voulait pas d'enfants. Physiquement, elle ne m'a jamais aimé. Elle avait horreur de l'amour physique. Nous avons tenté de trouver autre chose. Je lui ai acheté de nouveaux meubles, des vêtements. Mais notre vie était tellement vide... Je m'aperçus un jour que je n'aimais plus Hilda. Elle, je suppose, ne m'a jamais aimé. Elle avait trop de crainte dans son cœur pour aimer un homme.

— De quoi avait-elle peur ?

Il haussa les épaules.

— De tout et de rien. De son père, pour commencer. De moi ensuite. Parfois, j'avais l'impression d'avoir devant moi une bête sauvage enfermée dans une cage trop petite. Pendant près de dix ans, je n'ai pas regardé une autre femme et puis, un beau jour...

Il allongea ses jambes et poursuivit :

— Je pense que j'ai été attiré par Anne dès le premier jour où je l'ai vue, mais je n'osais pas lui faire la cour. Elle était tellement jeune ! Je savais ce que son père lui avait fait. Allais-je répéter son geste ? Non, au début je la considérai comme une fille. Mais elle m'offrait tout ce que je n'avais pas : la vie, le rire, la joie. Physiquement, elle ressemblait à Hilda, mais, moralement, c'était tout l'opposé. On aurait dit la pile et la face d'une même pièce.

« Je commençai à rêver d'elle l'an dernier, alors que la campagne se réveillait... La saison du rut... Je m'arrangeais pour la croiser dans la rue, j'incitais Hilda à l'inviter ici le plus souvent possible. Et puis, lorsqu'elle venait, je craignais de m'approcher d'elle.

« J'aurais pu mettre fin à ce jeu, j'aurais pu me contrôler, mais je me laissai emporter par le désir.

« En juin, nous allâmes tous les trois passer un weekend à la mer. Je ne voulais pas qu'Anne vienne avec nous, mais Hilda insista. Elle souhaitait éloigner Anne de Kerrigan. La première nuit de notre arrivée, Hilda eut une atroce migraine. Anne et moi la laissâmes au motel et allâmes faire une promenade sur la plage. Ce qui devait arriver arriva. Nous ne nous étions pas trouvés seuls depuis des années et, l'occasion se présentant...

J'entendis un bruit sec qui venait du patio. Je me levai et allai y jeter un coup d'œil. Hilda, à genoux, arrachait les plantes grasses qui bordaient l'allée.

— Voilà mon crime, disait Church. J'ai retiré mon amour à Hilda pour le reporter sur sa sœur. Anne tomba amoureuse de moi et vint un jour où il nous fut impossible de nous passer l'un de l'autre. Parfois, je sortais, prétextant une mission, et passais une partie de la nuit avec Anne. Hilda m'attendait avec ce regard d'animal traqué. Jamais elle ne me parla d'Anne, jamais elle ne me posa la moindre question. Elle se renfonçait dans sa coquille. Et moi, je ne fis rien pour l'en empêcher. Parfois, je souhaitais qu'elle perde complètement la raison, qu'on l'interne. Alors, j'aurais pu divorcer, épouser Anne, avoir des enfants...

Sa voix se brisa.

— A-t-elle jamais été internée ?

— Une fois, la première année de notre mariage. Elle avait tenté de se tuer. On la garda en observation pendant une dizaine de jours. Elle était enceinte, à ce moment-là, et les médecins dirent que c'est cela qui l'avait poussée à cet acte désespéré. C'est à la clinique qu'elle me dit qu'elle ne voulait pas d'enfants. La nuit même, elle commit une nouvelle tentative en absorbant un tube de comprimés. On la sauva. Les psychiatres me demandèrent ce que je voulais. J'avais le droit de la faire interner, mais j'eus pitié d'elle et je la repris. Elle était enceinte et je ne voulais pas que l'enfant naisse dans un asile.

— Et l'enfant ?

— Elle a accouché avant terme.

— Depuis, a-t-elle été soignée par des psychiatres ?

— Occasionnellement.

— Mais alors, il vous sera facile de plaider la folie. A-t-elle tué Anne avec préméditation ?

— Non, de cela je suis sûr. Elle l'a fait comme ça, sous l'impulsion du moment. Je peux le prouver, si le jury me croit. Elle n'avait pas de revolver en allant au pavillon.

— C'est ce qu'elle m'a déclaré, et je me demandais si elle disait la vérité.

— Oui. Elle a dû le trouver là-bas, ou alors Anne a dû la menacer avec. J'avais moi-même vu cette arme sur le bureau, samedi soir, et j'avais dit à Anne qu'elle avait tort de laisser traîner un revolver chargé. Mais elle ne voulut pas que j'enlève les balles. Elle me dit qu'elle en avait besoin pour se protéger.

— Contre Hilda ?

— Certainement pas. Elle n'a jamais eu peur de Hilda.

— Elle aurait dû s'en méfier. D'après Hilda, c'est Anne qui lui aurait donné ce revolver. Cela vous semble-t-il logique ?

— C'est ce qu'elle m'a également déclaré, mais je ne vois pas pourquoi Anne aurait agi de la sorte.

— D'autant qu'elle était au courant de la tentative de suicide de votre femme.

Je me levai et allai jusqu'à la porte du patio. Hilda avait déraciné toutes les plantes grasses et s'occupait maintenant d'arracher un parterre de fleurs.

Church s'était également levé.

— Hilda ! s'écria-t-il tout à coup. Qu'est-ce que tu fais ?

Elle se redressa sur ses genoux et nous regarda par-dessus son épaule. Elle avait le visage en sueur.

— Je ne les aime plus, annonça-t-elle. Je ne les trouve plus jolies...

Elle dut voir qu'il n'était pas content, car elle ajouta :

— Je peux continuer, père... je veux dire Brandon ?

Church souffla bruyamment.

— Oui, fit-il d'une voix morne. Tu peux continuer. Après tout, elles sont à toi, ces fleurs.

— Je voudrais vous poser une question, Mrs. Church, intervins-je. Au sujet d'Anne.

Elle se remit sur ses pieds et rejeta une mèche folle qui lui barrait le front.

— Mais je vous ai déjà dit ce qui s'était passé ! fit-elle. C'était un accident. Je tenais le revolver à la main et soudain le coup est parti. Anne m'a regardée d'un air étonné, puis elle est tombée.

— Comment ce revolver est-il venu dans vos mains ?

— C'est Anne qui me l'a donné, répondit-elle. Ça aussi, je vous l'ai dit.

— Pourquoi vous l'a-t-elle donné ? A-t-elle dit quelque chose ? Vous en souvenez-vous ?

— Je me souviens de quelque chose, mais je ne devrais pas vous le dire.

— Qu'a-t-elle dit, Mrs. Church ? Vous pouvez avoir confiance en moi, je ne le répéterai à personne.

— Eh bien, je lui avais dit que si elle ne laissait pas père tranquille, je me tuerais.

Elle se mit à rire.

— Laisser votre père tranquille ? répétai-je, sidéré.

— Non, bien sûr...

Elle secoua la tête.

— C'est de Brandon que j'avais parlé. Je lui avais dit que, si elle ne laissait pas Brandon en paix... C'est alors qu'elle s'est mise à rire et est allée dans la chambre à coucher. Elle est revenue avec le revolver et me l'a tendu : « Vas-y, m'a-t-elle dit. Tu as une occasion unique. Il est chargé. Tue-toi ! »

Elle s'arrêta et un sourire d'enfant éclaira ses lèvres.

— Mais je l'ai bien eue. Au lieu de me tuer, c'est *elle* que j'ai tuée.

J'entendis un cri étouffé derrière moi et me retournai. Church s'était caché la tête dans les mains et haletait.

Hilda Church se remit à genoux et recommença à arracher les fleurs. Lorsque la voiture de la police arriva, le jardin était saccagé et Hilda s'était attaquée au citronnier couvert d'épines. Church lui lava et lui pansa ses blessures avant qu'elle ne prît place dans l'auto.

Imprimé en France sur Presse Offset par

BRODARD & TAUPIN

GROUPE CPI

La Flèche (Sarthe), 6175
Dépôt légal : mars 2001
N° d'édition : 3225